MW01482979

Fabian Lenk
Die Zeitdetektive
Gefahr am Ulmer Münster

Fabian Lenk

Die Zeitdetektive

Gefahr am
Ulmer Münster

Band 19

Mit Illustrationen von Almud Kunert

Ravensburger Buchverlag

Bibliografische Information der Deutschen Nationalbibliothek:

Die Deutsche Nationalbibliothek verzeichnet diese Publikation in der
Deutschen Nationalbibliografie; detaillierte bibliografische Daten
sind im Internet über **http://dnb.d-nb.de** abrufbar.

2 3 4 13 12 11

© 2010 Ravensburger Buchverlag Otto Maier GmbH
Umschlag und Innenillustrationen: Almud Kunert
Lektorat: Jo Anne Brügmann

Printed in Germany

ISBN 978-3-473-34538-0

www.zeitdetektive.de
www.ravensburger.de
www.fabian-lenk.de

Inhalt

Kim, Julian, Leon und Kija – die Zeitdetektive

Die schlagfertige Kim, der kluge Julian, der sportliche Leon und die rätselhafte, ägyptische Katze Kija sind vier Freunde, die ein Geheimnis haben …

Sie besitzen den Schlüssel zu der alten Bibliothek im Benediktinerkloster St. Bartholomäus. In dieser Bücherei verborgen liegt der unheimliche Zeit-Raum „Tempus", von dem aus man in die Vergangenheit reisen kann. Tempus pulsiert im Rhythmus der Zeit. Es gibt Tausende von Türen, hinter denen sich jeweils ein Jahr der Weltgeschichte verbirgt. Durch diese Türen gelangen die Freunde zum Beispiel ins alte Rom oder nach Ägypten zur Zeit der Pharaonen. Aus der Zeit der Pharaonen stammt auch die Katze Kija – sie haben die Freunde von ihrem ersten Abenteuer in die Gegenwart mitgebracht.

Immer wenn die drei Freunde sich für eine spannende Epoche interessieren oder einen mysteriösen Kriminalfall in der Vergangenheit wittern, reisen sie mithilfe von Tempus dorthin.

Tempus bringt die Gefährten auch wieder in die Gegenwart zurück. Julian, Leon und Kim müssen nur an den

Ort zurückkehren, an dem sie in der Vergangenheit gelandet sind. Von dort können sie dann in ihre Zeit zurückreisen.

Auch wenn die Zeitreisen der Freunde mehrere Tage dauern, ist in der Gegenwart keine Sekunde vergangen – und niemand bemerkt die geheimnisvolle Reise der Zeitdetektive …

Knobelköpfe gegen Hirnbeißer

Julians Finger schoss in die Höhe. Was für eine leichte Frage! Ihre Erdkundelehrerin, Elisabeth Hannenschmidt, hatte gerade wissen wollen, wie der höchste Berg Afrikas hieß.

Es war die letzte Erdkundestunde vor den Sommerferien, und Elisabeth Hannenschmidt hatte die Klasse in zwei Gruppen mit den Namen „Knobelköpfe" und „Hirnbeißer" geteilt, die bei einem Quiz gegeneinander antraten. Die Gruppe mit den meisten richtigen Antworten würde nachher einen kleinen Preis bekommen. Zudem ging es um Geschwindigkeit. Die Lehrerin achtete genau darauf, wer sich zuerst meldete, um die vermeintlich richtige Antwort zu geben und den Punkt einzuheimsen.

Im Team der „Knobelköpfe" waren neben Julian auch Leon und Kim. Auch sie hatten sich blitzschnell gemeldet.

„Julian, du warst der Erste. Was meinst du?", fragte Elisabeth Hannenschmidt, während aus der Gruppe der „Hirnbeißer" Proteste laut wurden. Dort war man der Meinung, sich vor Julian gemeldet zu haben.

„Kilimandscharo, der ist knapp 6000 Meter hoch", erwiderte Julian vollkommen unbeeindruckt und sammelte damit einen weiteren Punkt für sein Team. Jetzt stand es 9 zu 6 für die „Knobelköpfe".

„Ich sehe schon, ich muss euch schwierigere Fragen stellen", bemerkte Elisabeth Hannenschmidt. „Also: Wie heißt der längste Fluss Bayerns?"

Schlagartig herrschte Schweigen. Julian kramte in seinem Gedächtnis. Hm, das war wirklich schwierig … Er blickte zu Kim und Leon, die am Tisch links neben ihm saßen. Sie zuckten nur mit den Schultern.

„Auweia", sagte die Lehrerin betrübt, „dass das niemand von euch weiß! Ich werde es euch verraten: Es ist die Donau!"

Dann fuhr sie mit dem Quiz fort. Ihre nächsten Fragen bezogen sich auf Kontinente und Ozeane. Schließlich wandte sie sich menschlichen Höchstleistungen zu. Die „Hirnbeißer" punkteten bei der Frage nach dem höchsten Turm. Dieser stand in Dubai und war über 800 Meter hoch.

„Tja, und wisst ihr, wo der höchste Kirchturm der Welt erbaut wurde?", fragte die Lehrerin mit einem hintersinnigen Lächeln.

Wieder gab es keine spontanen Meldungen.

Julian grübelte. Wo könnte dieser hohe Kirchturm stehen? Vielleicht in Köln? Oder in Rom? Er wusste es nicht.

Aber auch sonst hatte niemand die richtige Antwort parat.

„Kommt, ich gebe euch einen Tipp", lockte Elisabeth Hannenschmidt. „Dieser Turm steht in Deutschland."

Also doch in Köln!, dachte Julian und meldete sich.

„Leider falsch", sagte die Lehrerin. „Der Kölner Dom bringt es auf 157 Meter. Der höchste Kirchturm der Welt ist aber sogar 161,53 Meter hoch – und steht in *Ulm*. Und hier taucht auch wieder die Donau auf, die wir schon vorhin in unserem Quiz hatten. Schließlich liegt Ulm an der Donau."

„In Ulm?", fragte Julian ungläubig.

„Oh ja!", bestätigte Elisabeth Hannenschmidt. „Das Ulmer *Münster* unserer lieben Frau, wie es mit komplettem Namen heißt, ist ein schier unglaubliches Meisterwerk *gotischer* Baukunst. Den Plan, den höchsten Kirchturm zu bauen, hatte ein wagemutiger Mann namens *Ulrich Ensinger*, der Baumeister am Münster war."

Die Erdkundelehrerin ging zur nächsten Frage über. Doch Julian war nicht mehr so recht bei der Sache. Seine Gedanken schweiften ab.

Der höchste Kirchturm der Welt stand also in Ulm! Da musste er unbedingt mal hin. Vielleicht konnte er seine Eltern zu einem Ausflug überreden und Leon, Kim und Kija mitnehmen. Oder er fragte ihren Klassen- und Geschichtslehrer Tebelmann, ob sie ihre nächste Klassenfahrt nach Ulm machen könnten.

Apropos Ausflug … Julian dachte an den magischen Zeit-Raum Tempus. Es wäre doch unglaublich spannend, beim Bau dieses einmaligen Turms dabei zu sein! Wie hatte dieser Ulrich Ensinger das kühne Projekt damals geplant? Und wie hatte er es umgesetzt? Schließlich hatte er, was die Höhe anging, keine Vorbilder für ein so einzigartiges Unternehmen gehabt. Ulrich Ensinger musste ein interessanter Mann mit Visionen und sehr viel Mut gewesen sein.

Julian erfasste eine merkwürdige Unruhe, eine Art Reisefieber. Ja, diese mittelalterliche Baustelle wollte er besuchen!

Um ihn herum brach wieder Jubel aus, was ihn ins Hier und Jetzt zurückholte. Sein Team hatte erneut gepunktet.

Julian schaute auf die Uhr. In fünf Minuten war die Stunde zu Ende. Er lehnte sich entspannt zurück. Die „Hirnbeißer" würden den Vorsprung der „Knobelköpfe" nicht mehr einholen können.

Wenig später schlenderten die Freunde mit ihrer Belohnung, jeder aus dem Team hatte einen Schokoriegel bekommen, durch ihr hübsches Heimatstädtchen Siebenthann. Lachend sprachen sie von ihrem Triumph über die „Hirnbeißer".

Doch dann brachte Julian das Gespräch auf das Ulmer Münster. „Was haltet ihr von einer kleinen Zeitreise nach

Ulm? Ich möchte diesen genialen Baumeister kennenlernen!", sagte er.

„Ja, warum nicht? Das wird sicher sehr interessant", stimmte Kim spontan zu.

Nur Leon war nicht so begeistert. „Klingt ein bisschen nach Bildungsurlaub. Dagegen habe ich natürlich nichts. Aber sehr spannend wird das wohl nicht werden. Was soll schon auf einer Baustelle passieren?"

Julian antwortete nicht. Ja, womöglich würde es diesmal eine nicht so aufregende Reise werden. Andererseits hatten sie das schon öfter vermutet und immer kolossal falsch gelegen.

Kim kickte ein Steinchen in den Rinnstein. „Vorher sollten wir uns noch ein wenig schlaumachen, Jungs. Mal schauen, was wir in unserer Bibliothek über das Münster und Ulrich Ensinger herausfinden können."

Am Nachmittag trafen sich die Freunde in der altehrwürdigen Bibliothek des Benediktinerklosters St. Bartholomäus. Julian besaß ja einen Schlüssel zum Reich der Bücher. Wie üblich hatten die Gefährten einen Zeitpunkt gewählt, zu dem die Bibliothek für den normalen Publikumsverkehr geschlossen war. Die Freunde waren also allein mit ihrer Neugier und ihrem geheimen Plan.

Kim wurde von der bildschönen Katze Kija begleitet, die elegant auf einen der Tische sprang, sich dort zusammenrollte und ihre Freunde interessiert musterte.

Julian setzte sich an einen der Bildschirmarbeitsplätze, fuhr den Rechner hoch und startete eine Suchmaschine. Zunächst gab er den Namen Ulrich Ensinger ein.

Leon und Kim schauten ihm über die Schulter.

„Ah, da haben wir ihn ja auch schon!", freute sich Julian und las laut vor: „Ulrich Ensinger war einer der berühmtesten Baumeister des Mittelalters. Zwar war er erst der vierte Baumeister am Ulmer Münster, aber von ihm stammt der Plan des gewaltigen Turms. Er gab dem Münster das Einzigartige, das Geniale."

„Ja, er plante einen Turm, der alles bisher Dagewesene in den Schatten stellte!", hauchte Kim. „Den höchsten Kirchturm der Welt!"

„Wann war das überhaupt?", fragte Leon.

„Hm, hier steht, dass Ensinger am 17. Juni 1392 zum Baumeister ans Ulmer Münster berufen wurde. Er leitete die Arbeiten bis 1417", entgegnete Julian. „Aber halt: 1399 wurde er nach Straßburg gerufen, um am dortigen Münster mitzubauen."

Leon legte die Stirn in Falten. „Wie hat das denn funktioniert? Er hat sich ja schlecht teilen können."

„Keine Ahnung, hier steht nur, dass er beide Baustellen geleitet hat", gab Julian zurück. „Fakt ist, dass Ulrich Ensinger 1399 mit seiner Familie nach Straßburg übersiedelte."

Kim beugte sich über Julians Schulter und deutete auf eine Stelle des Textes. „Wo du gerade die Familie erwähnst: Dort steht auch etwas über einen *Matthäus Ensinger*. Er war der Sohn von Ulrich Ensinger und wurde später auch Baumeister am Ulmer Münster! Er trat sozusagen in die Fußstapfen seines Vaters und baute an dessen Traum weiter!"

„Ja, stimmt", sagte Julian. „Also: Wenn wir Ulrich Ensinger in Ulm erleben wollen, müssen wir das Jahr 1398 wählen. Da war er schließlich noch in Ulm! Hier steht übrigens noch eine  interessante Zahl: Damals hatte die Stadt gerade einmal neuntausend Einwohner!"

Julian gab einen neuen Suchbefehl ein und die Freunde schauten sich im Internet Fotos an, die das himmelstürmende Bauwerk zeigten.

„Irre!", entfuhr es Leon, während er eine Aufnahme des Turms mit dem Westportal betrachtete. „Das Münster sieht ja fast so aus wie eine riesige Rakete!"

„Na ja, ich weiß nicht", sagte Julian, dem der Vergleich nicht gefiel. „Auf mich wirkt es eher wie eine schlanke Pyramide."

Er schaute sich begeistert die Details auf den Fotos an und bewunderte das feine *Maßwerk* und die verspielten *Fialen*, die von hübschen *Kreuzblumen* gekrönt wurden. Die *Strebepfeiler* an den Außenmauern der Kirche wirkten dagegen sehr wuchtig. Von den Pfeilern spannten sich Strebebögen zum *Mittelschiff*, um den Druck des

Gewölbes auf die Fundamente abzuleiten. Alles, so empfand es Julian, war gut proportioniert, es passte einfach gut zusammen.

Auch dem Portal und dem Turm fehlte trotz ihrer gewaltigen Ausmaße alles Schwere oder Klobige. Sie machten auf Julian einen eleganten und leichten Eindruck – was seine Neugier auf dieses Bauwerk noch größer werden ließ. Er wollte durch dieses Portal schreiten, über sich den höchsten Kirchturm der Welt.

Dann las er, was unter einem der Fotos stand.

„Oh, weder Ulrich noch Matthäus Ensinger haben das Münster jemals so gesehen. Denn fertiggestellt wurde die Kirche erst im Jahr 1890, also nach knapp fünfhundert Jahren Bauzeit!"

Die Freunde gingen zu den Büchern zum Thema Mittelalter. Julian fand einen dicken Bildband mit historischen Zeichnungen und Gemälden von Ulm. Darin war eine Illustration, die das dreigeschossige Ulmer *Kaufhaus* zeigte, in dem neben Metzgern auch ein Gericht untergebracht gewesen war. Im Obergeschoss, so erfuhren die Freunde, hatte es damals einen großen Saal gegeben, in dem der Tuchhandel stattgefunden hatte.

„Ulm war im Mittelalter eine reiche Stadt", las Julian. „Das lag vor allem am Tuchhandel. Die Ulmer Weber stellten *Barchent* her, ein Mischgewebe aus Leinen und Baumwolle, das weicher war als das reine Leinen. Außerdem …"

Kija miaute und zog damit die Aufmerksamkeit der Freunde auf sich. Dann gähnte sie demonstrativ, erhob sich und streckte sich genüsslich.

„Da wird jemandem langweilig", sagte Kim. „Was haltet ihr davon, wenn wir jetzt starten, Jungs? Auf nach Ulm im Jahr 1398!"

Julian und Leon waren einverstanden, und so stellten sie das Buch an seinen Platz zurück, fuhren den Rechner herunter und liefen zum geheimnisvollen Zeit-Raum.

Der Zugang zu Tempus war hinter einem hohen Bücherregal verborgen, das die Freunde auf einer Schiene zur Seite schieben konnten. Kurz darauf standen Julian, Kim, Leon und die Katze Kija vor dem schwarzen, mit düsteren Symbolen bemalten Tor. Die Kinder öffneten es ehrfürchtig.

In Tempus herrschte das vertraute blaue Zwielicht. Feiner Nebel waberte durch den endlosen Raum mit den Tausenden von Türen, über denen je eine Jahreszahl der Geschichte prangte.

Die Freunde zogen das schwarze Tor hinter sich zu und betraten die unwirkliche Welt des Zeit-Raums. Sie liefen über den im Rhythmus der Zeit pulsierenden Boden und suchten nach der Tür mit der Zahl 1389. Der Zeit-Raum machte es ihnen wie immer nicht leicht. Die Zahlen über den Türen gehorchten keiner mathematischen Logik, es gab keinerlei System.

Julian biss nervös auf seine Unterlippe. Er ging als

17

Letzter und fürchtete immer wieder, Leon, Kim und Kija in dem blauen Nebel aus den Augen zu verlieren. Außerdem beunruhigten ihn die Geräusche, die aus den wild auf- und zuschlagenden Türen drangen. Es war eine merkwürdige Mischung aus Donnergrollen und Harfenklängen.

Plötzlich fiel ein gewaltiger Schatten auf den Jungen. Unwillkürlich wich er zurück.

„Halt, wartet mal!", rief Julian den anderen zu, die prompt stehen blieben und sich nach ihm umdrehten.

Julian betrachtete den Schatten, der ihn umhüllte. Auf den ersten Blick hatte er die Form einer schlanken Pyramide. Aber auf den zweiten Blick erkannte Julian, dass es sich um die Silhouette des Ulmer Münsters handeln könnte!

Mit klopfendem Herzen schritt er zu dem gewaltigen, offen stehenden Tor, aus dem der Schatten fiel. Hoch oben und ganz klein stand die Jahreszahl, nach der sie gesucht hatten: 1398.

„Hierher, Leute!", rief Julian aufgeregt. „Ich habe die richtige Tür gefunden!"

Die anderen kamen zu ihm.

„Der Schatten des Turms!", erkannte Leon sofort.

„Ja", flüsterte Kim und nahm die Katze auf den Arm.

Irgendwie unheimlich, fand Julian, sagte aber nichts. Ihn fröstelte. „Kommt", sagte er heiser. „Wir gehen."

Dann nahmen sie sich an den Händen und konzen-

18

trierten sich mit aller Kraft auf Ulm. Denn nur so konnte Tempus sie an den richtigen Ort bringen.

Anschließend traten sie durch das riesige Tor und fielen in ein Loch, das noch dunkler und kälter war als der Schatten.

Überfall in der Sattlergasse

Tempus entließ die Gefährten durch einen runden, gemauerten Ziehbrunnen auf einen großen Marktplatz. Es war ein milder, schon etwas dämmriger Abend im Juni.

Die Freunde schauten sich um. Der Platz war von prächtigen, drei- bis vierstöckigen Bürgerhäusern umgeben, deren spitzgiebelige Dächer mit rötlichen Schindeln gedeckt waren. Obwohl großes Gedränge herrschte, hatte niemand die heimliche Ankunft der drei Kinder mit der Katze bemerkt.

Zwischen den Ständen mit Gemüse, Lederwaren, flatternden Hühnern oder Salben drängten sich die Käuferscharen. Die Freunde sahen Bürger in knielangen, gesäumten Hemden, mit Beinbinden an den Unterschenkeln und schicken *Schnabelschuhen*. Aber es schoben sich auch Bauern in grober Kluft an ihnen vorbei, die zu ihren sehr viel schlichteren Hemden weite Hosen und hohe, zumeist dreckige Stiefel trugen.

Den Gefährten stieg eine seltsame Geruchsmischung in die Nasen. Es roch nach Honig, Blut, Salbei und Fisch. Ein Marktweib pries seine Gewürze an und verneigte

sich tief vor einer adligen Frau in einem hübschen, knöchellangen Gewand. Es bestand aus einer *Cotte,* einem eng anliegenden Unterkleid, und einem ärmellosen *Surkot* aus rot gemustertem Brokat. Ihre Haare hatte die reiche Frau kunstvoll zu Wülsten geformt. Darüber trug sie eine elegante Haube.

Neben dem Stand mit den Gewürzen stand ein Jongleur, der vier Stoffbälle in den sich violett färbenden Himmel über Ulm warf, um sie geschickt wieder aufzufangen.

In einer schattigen Häuserecke hockte ein zerlumpter Bettler und bat um Almosen.

Leons Blick glitt an sich herab. Er trug wie Julian eine braune Hose, die mit einem Gürtel zusammengehalten wurde, und darüber ein sackähnliches weißes Leinenhemd. An den Füßen hatten die Jungen grobe Lederschuhe, die ihnen knapp über die Knöchel reichten. Auch Kim glich in ihrem weißen Unterkleid, dem einfachen grauen Leinenkittel darüber und den flachen, schmucklosen Schuhen eher einem Bauernkind als dem wohlbehüteten Spross eines reichen Ulmer Händlers.

„Na ja, die Klamotten sind wenigstens bequem, oder?", urteilte Leon.

„Passt schon", erwiderten Julian und Kim.

„Und jetzt? Sollen wir das Münster suchen?", fragte Leon.

„Ja", sagte Julian. „Vielleicht können wir uns auf der

Baustelle nützlich machen und bekommen als Lohn etwas zu essen und ein Dach über dem Kopf."

Leon nickte. „Gute Idee. Aber wir sollten uns beeilen. Es wird bald dunkel. Und dann arbeitet sicher niemand mehr auf der Baustelle."

„Nun, dann mal los. Und den Brunnen sollten wir uns gut merken – wegen der Rückreise", sagte Kim.

„Stimmt", antwortete Leon. Er schaute sich suchend um. Wo war das Münster? Da fiel ihm ein stattliches Gebäude am Rand des Marktplatzes auf. Es hatte drei Geschosse und einen hübschen Giebel mit einer großen Uhr. Unten waren *Arkaden* zu sehen, in denen Metzger und Fleischer ihre Läden hatten. Außerdem gab es ein großes Tor, durch das gerade zwei Männer schritten. Sie liefen hintereinander und trugen eine Holzstange zwischen sich, an der ein offenbar schweres Stoffbündel hing.

„Das muss das Kaufhaus sein", rief Leon, der sich an die Abbildung erinnerte, die Julian ihnen gezeigt hatte.

„Dann sind wir im Zentrum von Ulm und das Münster kann nicht weit sein", sagte Julian und fragte den Bettler, wo die Kirche zu finden sei.

Der Mann erklärte es ihm ziemlich umständlich, und die Freunde machten sich auf den Weg.

Die oberen Etagen der Fachwerkhäuser beugten sich

23

mit ihren Erkern weit über die Erdgeschosse und schluckten das letzte Tageslicht. Je weiter sich die drei Kinder in das Gewirr der Ulmer Gassen wagten, desto düsterer wurde es.

Leon fühlte sich zunehmend unbehaglich. Sie waren einfach zu spät nach Ulm gekommen, bestimmt war die Baustelle längst verwaist. Der Gedanke, in der mittelalterlichen Stadt auf der Straße nächtigen zu müssen, war alles andere als verlockend. In den Gassen herrschte längst nicht mehr ein solches Gedränge wie auf dem Marktplatz. Die Menschen hasteten mit gesenkten Blicken an ihnen vorbei und lenkten ihre eiligen Schritte in dunkle Hauseingänge. Türen schlugen zu und wurden verrammelt. Aus einem Wirtshaus drang das heisere Lachen eines Mannes, aus einem windschiefen Haus ein Schwall von Flüchen. Ein streunender Hund hob das Bein an einer Hausecke.

Leon ging zügig weiter. Die Gasse wechselte zweimal ihre Richtung und Leon gestand sich ein, nicht mehr zu wissen, ob sie noch auf dem richtigen Weg zum Münster waren. Hilfe suchend schaute er zu Julian, Kim und Kija. Aber noch nicht einmal die kluge Katze schien eine Idee zu haben.

Unschlüssig blieb Leon an einer Kreuzung stehen. Links verlor sich eine schmale Gasse in der Dunkelheit. Sollten sie hier abbiegen oder weiter geradeaus gehen? Sie mussten erneut jemanden finden, den sie nach dem

Weg fragen konnten. Aber hier war niemand … Ob er an eine Tür klopfen sollte?

Doch da hörte er ein melodiöses Pfeifen, das rasch lauter wurde. Schon tauchte ein zaundürrer Junge auf, der etwas unter dem Arm trug.

„Guten Abend!", begrüßte Leon das Kind, das etwa acht Jahre alt sein mochte.

Trotz der schlechten Lichtverhältnisse konnte er erkennen, dass der Junge viel besser gekleidet war als die Gefährten. Er trug ein dunkelgrünes, langes Hemd aus feinem Barchent über einer schwarzen Hose und einen ebenfalls schwarzen, vorn spitz zulaufenden Filzhut, der ihm etwas Verwegenes gab.

Der Junge blieb stehen und schaute Julian, Kim und Leon mit einer Mischung aus Neugier und leichtem Misstrauen an.

„Grüß Gott, wer seid ihr denn?"

Nun ergriff Julian das Wort, wie immer, wenn es darum ging, ihre Herkunft zu erklären. Zunächst stellte er seine Freunde und sich vor. Dann erzählte er die übliche Schauergeschichte: Sie hätten ihre Eltern bei einem Überfall verloren und seien nun nach Ulm gekommen, um Arbeit und ein Dach über dem Kopf zu finden. Deshalb seien sie auf dem Weg zur Münsterbaustelle.

„Ah, da komme ich gerade her!", sagte der Junge und strahlte plötzlich. „Ich bin Matthäus, einer der Söhne des Baumeisters. Das Münster ist nicht weit. Wir sind hier in der Sattlergasse. Wenn ihr die bis zum Ende durchgeht und rechts abbiegt, könnt ihr es nicht verfehlen."

Matthäus Ensinger!, durchfuhr es Leon. Was für ein Glück!

„Aber auf der Baustelle ist jetzt Feierabend. Die Arbeiter sind schon weg. Nur ich bin noch einmal hingelaufen", ergänzte Matthäus und deutete auf die Lederrolle, die er sich unter den Arm geklemmt hatte. „Das sind die Baupläne meines Vaters. Er hatte sie in der *Bauhütte* der *Steinmetzen* vergessen und mich losgeschickt, um sie ihm zu holen. Tja, mein Vater ist leider furchtbar schusselig. Ständig verlegt oder vergisst er etwas. Und ich darf es ihm dann bringen. Wir wohnen hier in der Nähe, meine Eltern, meine vier Geschwister und ich – in der Krongasse am *Weinhof*."

Leon suchte nach Worten. Wenn niemand mehr auf der Baustelle war, dann …

In diesem Augenblick schoss aus der finsteren Gasse links von ihnen eine Gestalt und sprang auf Matthäus zu. Sie trug eine Kapuze über dem Kopf, das Gesicht war bis zu den Augen unter einem Tuch verborgen.

Der Junge schrie gellend auf und wich zurück. Der Unbekannte packte die Lederrolle und riss daran. Schon rutschte sie unter Matthäus' Arm hervor.

Die Attacke des Angreifers erfolgte so schnell und präzise, dass die Gefährten einen Moment lang wie gelähmt dastanden.

In Leon kam als Erstes wieder Bewegung. Ohne groß nachzudenken, packte er den Vermummten an dessen langem, dunklen Gewand und wollte ihn von Matthäus wegziehen.

Der Drohbrief

Kim sah, wie der unheimliche Angreifer Leon locker abschüttelte. Dann gab er Matthäus einen groben Stoß, sodass dieser zu Boden fiel. Nun lag die Lederrolle mit den Plänen in den Händen des Diebes. Schon drehte er sich um und wollte mit seiner Beute in die Gasse stürmen, aus der er gekommen war.

Offenbar hatten Kim, Julian und Kija in diesem Moment exakt dieselbe Idee. Sie stürmten der Gestalt hinterher. Kim rannte vornweg. Ihr Atem jagte. Der Mann war schnell, aber nicht schnell genug. Kim holte ihn ein und stellte ihm von hinten ein Bein.

Der Mann stolperte und prallte mit der Schulter gegen eine Mauer, wobei er die Rolle fallen ließ. Kim warf sich auf die Beute und hielt sie fest. Aus den Augenwinkeln sah sie, wie die Gestalt die Gasse hinunterhastete. Die Katze verfolgte sie mit weiten Sätzen.

„Kija, komm sofort zurück!", schrie Kim.

Über ihr wurde ein Fensterladen geöffnet.

„Was soll das Geschrei, verflucht noch mal? Muss ich die Wachen rufen?", keifte eine Frau.

Kim rappelte sich auf und beachtete die Frau nicht weiter.

„Alles klar?", fragte Julian, der gerade heranstürzte.

Kim hielt ihm triumphierend die Lederrolle unter die Nase. „Alles klar!", gab sie zufrieden zurück.

Da tauchte auch Kija wieder auf.

„Na, hast du den Mistkerl noch ein wenig gebissen?", fragte Kim.

Die Katze miaute fröhlich.

Dann liefen sie zu Leon und Matthäus zurück.

„Welch ein Glück!", rief Matthäus erleichtert. Er zitterte am ganzen Körper. „Die Pläne haben einen unschätzbaren Wert für meinen Vater. Ach, was sage ich: für das ganze Projekt! Nicht auszudenken, wenn sie gestohlen worden wären! Vielen Dank, dass ihr mir geholfen habt."

„Gern geschehen", antwortete Kim lächelnd. „Aber sag mal: Hast du erkannt, wer dich angegriffen hat?"

Matthäus schüttelte den Kopf. „Nein, dazu war es zu dunkel. Außerdem hatte sich der Kerl ja vermummt."

Kim nickte. Das hatte sie schon befürchtet.

„Wer könnte der Täter gewesen sein?", dachte sie laut nach. „Oder anders gefragt: Was kann man mit solchen Bauplänen anfangen?"

„Vielleicht hat der Täter gar nicht gewusst, was in der Rolle ist", gab Matthäus zu bedenken.

Kim warf einen Blick auf die Lederhülle. Sie war ziemlich unscheinbar und wirkte nicht wie ein Behältnis für irgendwelche Reichtümer.

„Wäre möglich. Aber das glaube ich nicht", sagte sie daher. „Ich vermute eher, dass der Täter genau wusste, was die Rolle beinhaltet."

„Ein Konkurrent vielleicht! Oder ein Neider", rief Julian. „Jemand, der sich die Pläne unter den Nagel reißen und sie als seine eigenen ausgeben wollte."

„Ja, womöglich will er so an einen Auftrag herankommen, der ihm viel Geld und Ehre einbringt", fügte Leon hinzu.

Kim nickte gedankenverloren. Da fiel ihr Blick auf einen länglichen Gegenstand, der in die Gosse gerollt war. Das Ding sah aus wie eine Schriftrolle und Kim hob es auf.

„Seht mal", sagte sie, „ein Brief!" Kim trat in die Mitte der Gasse, wo noch ein wenig Licht hinfiel und rollte das Schriftstück aus *Pergament* auseinander. Mühsam entzifferten die Kinder, was dort stand:

Halte ein, Ulrich! Du siehst, ich kann deine Pläne rauben – das nächste Mal ist es womöglich etwas, das du noch mehr liebst …

Kim drehte das Pergamentstück um.

„Hier steht noch etwas", erkannte sie und las mit zunehmendem Unbehagen laut vor: „Wer zugrunde ge-

31

hen soll, wird vorher stolz. Und Hochmut kommt vor dem Fall".

„Ulrich? So heißt mein Vater mit Vornamen", stammelte Matthäus. „Und der Spruch auf der Rückseite könnte aus der Bibel stammen."

„Den Brief muss der Täter gerade verloren haben!", rief Kim. „Er ging wohl davon aus, die Pläne stehlen zu können und wollte diesen Brief am Tatort zurücklassen … Doch aus dem Inhalt werde ich nicht schlau."

„Ich auch nicht", gab Matthäus zu. „Aber die Hauptsache ist, dass ihr seinen finsteren Plan vereiteln konntet. Mal etwas anderes: Ihr habt noch keine Bleibe für die Nacht, richtig?"

Betreten stimmten die Freunde zu.

„Nun, wir könnten meinen Vater fragen", schlug der Junge vor. „Immerhin sind wir euch zu großem Dank verpflichtet."

„Oh, das wäre natürlich ganz wunderbar", sagte Kim dankbar.

Und so führte Matthäus sie zur nahe gelegenen Krongasse.

Unterwegs dachte Kim über die Attacke und den mysteriösen Brief nach. Was hatte der Täter noch vor? Würde ihn der Fehlschlag von vorhin von weiteren Übergriffen abhalten oder, im Gegenteil, erst recht anstacheln, sein Werk fortzuführen?

Bei diesem Gedanken bekam Kim eine Gänsehaut.

Inzwischen war es nahezu ganz dunkel und sie wusste nicht, welche bösen Überraschungen das nächtliche Ulm noch für sie bereithielt. Entsprechend froh war sie, als Matthäus vor einem zweistöckigen, schmucken Fachwerkhaus anhielt und rief: „Da wären wir auch schon!"

Der Junge führte sie geradewegs in die Küche, einen rauchigen Raum mit einer niedrigen, rußgeschwärzten Decke, in dem es so verführerisch roch, dass Kim spontan Hunger bekam.

Im Schein mehrerer Kerzen saßen dort ein Mann in einem dunkelbraunen Hemd, eine Frau sowie vier Kinder am Esstisch.

„Matthäus – na endlich!", rief der Mann, der Ende dreißig sein mochte. Er hatte eine hohe Stirn, eine breite Nase und die kräftigen Hände eines Handwerkers. „Wir haben uns schon Sorgen gemacht. Wer sind diese Kinder?"

Während Matthäus berichtete, hatte Kim Gelegenheit, den Jungen im Licht zu betrachten. Seine braunen, leicht gewellten Haare fielen auf eine blasse Stirn. Er hatte braune und ausgesprochen lebendige Augen, die Nase war kurz und spitz, der Mund eher klein.

Kims Blick wanderte zu der Frau, einer rundlichen Person mit einem fröhlichen Gesicht, das sich jedoch während Matthäus' Erzählung zunehmend verfinsterte. Die Frau mit den dunklen, zu kunstvollen Schnecken gedrehten Haaren trug eine weiße Schürze über einer

hellblauen Cotte, die am Halsausschnitt und den Ärmel-
bündchen mit goldfarbenen Stickereien verziert war.

„Ein Überfall auf meinen Sohn?", polterte Ulrich Ensinger. „Gütiger Herr im Himmel, das ist doch einfach
unglaublich! In welchen Zeiten leben wir eigentlich? Der
Höhepunkt aber ist dieser Spruch aus der Bibel. Er
 stammt aus dem Alten Testament. Wie
kann der Täter es wagen, das Buch der
Bücher für seine Machenschaften zu
missbrauchen?" Dann wandte er sich
an die Gefährten und bedankte sich
ebenfalls für deren Einsatz.

„Sie wissen nicht, wo sie schlafen sollen. Sie sind Wai-
sen", sagte Matthäus schnell.

„Oh, ihr Armen!", rief seine Mutter. „Wir können
ihnen doch für eine Weile die Kammer neben deiner
Werkstatt anbieten, Ulrich."

Der Baumeister zögerte.

„Wir machen uns auch gern nützlich", sagte Kim und
schenkte dem Baumeister einen Augenaufschlag. „Wir
sind sehr ehrlich, fleißig und belastbar. Wir können gut
zupacken, jammern nie und überhaupt sind wir …"

„Schon gut, schon gut", winkte Ulrich lachend ab.
„Du hast mich überzeugt. Magda hat Recht: Ihr könnt
zumindest vorübergehend bei uns wohnen. Und Arbeit
gibt es auf der Baustelle genug."

„Ja", ergänzte seine Frau, „und diese wunderschöne

Katze kann ein paar Mäuse fangen. Von denen gibt es leider auch immer genug." Sie beugte sich zu Kija hinunter und streichelte ihr über das Köpfchen.

Die Gefährten strahlten.

„Habt ihr eigentlich Hunger?", fragte Magda jetzt.

Julian, Kim und Leon nickten.

„Ich auch, ich auch!", rief Matthäus.

Seine Mutter bedachte ihn mit einem liebevollen Blick. „Seltsam, seltsam", sagte sie. „Du hast doch vorhin erst zu Abend gegessen. Und jetzt hast du schon wieder Hunger."

„Ich habe ständig Hunger", gab Matthäus zu.

„Stimmt, ich frage mich nur, wo du das alles immer hinstopfst. Auf den Rippen bleibt es bei dir Hungerhaken jedenfalls nicht", sagte Magda seufzend und ging zum aus Ziegeln gemauerten Herd, über dem sich ein Rauchfang wölbte.

In der Feuerstelle glühten einige Holzscheite. Am Rand des Herds stand eine Art Galgen aus Metall, an dessen Ausleger ein *Sagehal* mit einem großen Topf hing.

Magda schürte das Feuer und ließ den Topf am Kesselhaken ein wenig herunter, sodass er nun unmittelbar über den aufzüngelnden Flammen baumelte. Dann begann sie in dem Topf zu rühren, und der köstliche Geruch verstärkte sich. Kim lief das Wasser im Mund zusammen.

„Setzt euch doch", bot der Baumeister an.

Nur zu gerne gehorchten die Freunde und nahmen neben den vier anderen Kindern Platz. Sie hießen Anna, Ursula, Kasper und Mathias und waren ziemlich still.

Ulrich Ensinger brachte das Gespräch erneut auf den seltsamen Brief. „Ich kann mir keinen Reim darauf machen", sagte er. „Aber natürlich denke ich überhaupt nicht daran, mit irgendetwas einzuhalten. Schon gar nicht mit dem Bau des Münsters, falls der Wirrkopf, der diese Zeilen geschrieben hat, das gemeint haben sollte. Ich habe den Auftrag der Ulmer Bürger, dieses Gotteshaus zu bauen. Es wird einmalig sein und den höchsten Turm der Welt haben – zu Ehren und zum Ruhm des allmächtigen Herrn!"

„Recht hast du! Außerdem steht unser Haus unter dem Schutz Gottes", sagte Magda und wandte sich an die Gefährten. „Ihr seid nämlich nicht die Einzigen, die wir beherbergen. Wir haben bereits einen Gast."

„Ja, den *Bettelmönch* Jakob vom Orden der *Dominikaner*!", rief Matthäus dazwischen.

„Nicht so laut", tadelte Magda ihren Sohn. „Jakob hat sich schon in seine Kammer zurückgezogen."

Matthäus dämpfte die Stimme. „Schade. Na, ihr werdet ihn sicher bald kennenlernen. Jakob zieht jeden Morgen zu einem Platz in Ulm und predigt öffentlich."

Kim schaute Matthäus überrascht an. „Er predigt nicht in der Kirche?"

„Mich wundert, dass du das nicht weißt", erwiderte Matthäus, und Kim hätte sich am liebsten auf die Zunge gebissen. „Bettelmönche ziehen doch von Dorf zu Dorf oder von Stadt zu Stadt, um das Wort Gottes zu verbreiten. Dafür brauchen sie keine Kirchen. Sie wählen einfach einen Platz aus, wo viele Menschen sind. Na ja, natürlich benötigen sie so wie ihr auch ein Dach über dem Kopf und etwas zu essen. Oft können sie in Klöstern übernachten …"

„… oft aber auch bei gottesfürchtigen Menschen wie uns", ergänzte sein Vater. „Denn bei uns ist es etwas gemütlicher als in den doch mitunter sehr einfach ausgestatteten Klöstern."

„Genau, und so tun wir etwas für unser Seelenheil", krähte Matthäus und sein Vater verdrehte die Augen.

Magda trat mit dem Topf an den Tisch. „Wer mag jetzt noch ein wenig von meinem Eintopf mit Rebhuhn?"

Alle, mit Ausnahme der Eltern, griffen zu.

„Ich habe das Rebhuhn mit Nelken, Rosinen, Wein, Muskat, Zimt und Pfeffer abgeschmeckt", sagte Magda stolz.

„Köstlich", sagte Kim und steckte Kija etwas zu, „einfach köstlich!"

Doch Kims gute Laune hielt nicht lange an. Der rätselhafte Brief mit der unverhüllten Drohung und dem seltsamen Bibelzitat wollte ihr einfach nicht aus dem Kopf gehen.

Was hatte Leon noch in Siebenthann gesagt? Die Reise klinge ein wenig nach Bildungsurlaub und was solle auf einer Baustelle schon groß passieren?

Kim wurde das Gefühl nicht los, dass sie wieder einmal geradewegs in ein ziemlich gefährliches Abenteuer hineingerieten. Und dieses Gefühl erfüllte das Mädchen mit einer Mischung aus Vorfreude und leiser Furcht.

Auf der Baustelle

Bei Tagesanbruch stieß Matthäus die Tür der kleinen Kammer auf, in der die Gefährten auf mit Stroh gefüllten Säcken geschlafen hatten.

„Guten Morgen!", rief er so laut, dass die Wände wackelten. Schon in der Früh wirkte er wie aufgedreht und steckte offenbar voller Tatendrang. „Die Arbeit ruft!"

„Jetzt schon?", fragte Leon und gähnte.

Kija sprang auf seine Brust und gab ihm Köpfchen.

„Na klar, mein Vater ist längst auf der Baustelle!", erwiderte Matthäus vergnügt. „Ich muss leider wie meine beiden Brüder vormittags in die *Lateinschule* in der Hafengasse. Die liegt gleich hinter dem Münster. Meine Schwestern bleiben zu Hause und lernen, wie man Stoffe webt und anderes langweiliges Zeug."

Julian kratzte sich am Kopf. „Latein? Hast du keine anderen Fächer?"

Matthäus sah Julian an, als wäre er ein bisschen dämlich. „Natürlich! Es gibt sieben Fächer: Grammatik, *Rhetorik*, *Dialektik*, *Arithmetik*, Geometrie, Musik und *Astronomie*", zählte er auf.

Die Freunde schauten sich leicht gequält an. Dieses Lernprogramm klang ziemlich heftig.

„Keinen Spo… ich meine … Turnunterricht?", rutschte es Leon heraus. Er war sich nicht sicher, ob ein Schüler im Mittelalter etwas mit dem Begriff „Sport" anfangen konnte.

„Turnen? Wieso das denn?", fragte Matthäus entgeistert. „Ihr könnt gleich auf der Baustelle herumturnen. Ich bringe euch hin. Vorher gibt's aber noch Frühstück!"

Gemeinsam schlüpften sie aus der Kammer und kamen auf dem Weg zur Küche an der Werkstatt vorbei.

„Hierhin zieht sich mein Vater manchmal zurück, um neue Pläne zu zeichnen oder Modelle zu bauen", erklärte Matthäus. „Wenn ich Glück habe, darf ich ihm dabei zuschauen."

In der Küche wurden sie bereits von Magda und den anderen Kindern erwartet. Das Frühstück bestand aus warmer Milch und frischem, dunklem Brot mit Käse und etwas geräuchertem Schinken. Matthäus verputzte vier große Scheiben.

Dann führte er seine neuen Freunde durch die Stadt Richtung Münsterbaustelle. Längst war Ulm unter einer leicht verhangenen Sonne erwacht. Karren, gezogen von Eseln oder Ochsen, rumpelten durch die schmucken Gassen, in denen sich viele kleine Werkstätten aneinanderreihten.

Die Freunde ließen sich durch die wunderschöne,

mittelalterliche Stadt treiben. Sie sahen Schuhmacher, Kunstschmiede und Barbiere bei der Arbeit. Und sie beobachteten, wie Frauen Wasser aus den öffentlichen Brunnen schöpften und Kinder einem Reifen hinterherrannten, den sie mit einem Stöckchen antrieben.

Wenig später hörte die enge Bebauung auf und sie standen auf einem großen Platz.

„Bitte sehr, das Münster!", rief Matthäus.

Die Freunde staunten. Das gewaltige Bauwerk war über einhundert Meter lang und ungefähr fünfzig Meter breit und glich einem riesigen grauen Reptil aus Stein. Den Kopf bildete das mächtige Westportal, über dem sich der fast komplett eingerüstete Turm in den Himmel erhob. Der Turm maß etwa zwanzig Meter im Quadrat. Bereits jetzt hatte er eine Höhe von gut dreißig Metern erreicht. Dahinter erstreckte sich als Rücken das etwa fünfundzwanzig Meter hohe Mittelschiff mit den beiden halb so hohen Seitenschiffen. Das Mittelschiff mündete in den von den beiden Osttürmen flankierten und ebenfalls etwa fünfundzwanzig Meter hohen *Chor*.

„Kommt, ich kann euch einiges zeigen, ich habe noch ein wenig Zeit, bis der Unterricht beginnt", lockte Matthäus und führte die Freunde durch das Gewimmel, das auf dem Platz herrschte.

Auf der Baustelle waren weit über einhundert Handwerker und *Tagelöhner* beschäftigt. Viele arbeiteten vor den verschiedenen Hütten, die über den Platz verteilt

41

waren, andere auf den Gerüsten an den Türmen. Am Westturm, auf den Matthäus und die Freunde jetzt zuliefen, stand ein Kran, der aus einem großen Tretrad und einem schwenkbaren Ausleger bestand.

Matthäus geleitete die Gefährten zum Westportal, dem Haupteingang des Münsters. Dabei fiel Julian der reiche Zierrat an der Kirche auf. Den Kopf in den Nacken gelegt, schaute er sich begeistert die fein gearbeiteten Fialen an den Strebepfeilern an, die mit Kreuzblumen geschmückt waren. Dabei erinnerte er sich an die Fotos, die sie bei ihren Recherchen im Internet gesehen hatten.

Dann gingen sie zwischen zwei mit Figuren verzierten Pfeilern hindurch. Matthäus erklärte ihnen, dass es sich um Johannes den Täufer, Martin, Antonius und Maria handelte.

Kurz darauf standen sie unter dem hohen, blau ausgemalten Gewölbe der Vorhalle. Über dem breiten, dunkelbraunen Doppeltor ließen Glasfenster Licht in das Gotteshaus fallen. Diese Fenster waren im oberen Teil mit Maßwerk verziert. Darüber, als krönenden Abschluss des Eingangs sozusagen, hatten Künstler ein dreiteiliges *Tympanon* mit einem rostroten Hintergrund angefertigt. In diesen Hintergrund hatten Bildhauer Szenen aus der Schöpfungsgeschichte gemeißelt.

„Ganz oben seht ihr den Sturz des Teufels", erläuterte Matthäus, „dann folgt die Erschaffung der Welt."

„Und der Mann ganz links, der mit der großen, geteilten Kugel, was soll der bedeuten?", fragte Kim.

„Oh, das ist eine sehr wichtige Szene!", rief Matthäus. „Sie symbolisiert, wie Gott das Licht von der Finsternis teilt."

„Woher weißt du das alles, lernt ihr das auch in der Schule?", fragte Leon.

Matthäus grinste. „Ne, ich habe einen viel besseren Lehrmeister – meinen Vater." Er deutete nach oben. „Auf den anderen Feldern des Tympanons seht ihr die Erschaffung der Gestirne, der Vögel, der Fische und der Menschen. Das Tympanon wurde übrigens vom Vorgänger meines Vaters begonnen, von *Heinrich Parler*. Mein Vater hat es vollendet. Aber nun kommt. Ich möchte euch noch die schönen Glasfenster im Chor zeigen."

Sie traten aus der Vorhalle hinaus, liefen am Seitenschiff mit seinen neun Arkaden vorbei und gelangten zum Chor mit den farbenprächtigen Fenstern.

„Das ist das *Anna-Marienfenster*", erklärte Matthäus, während er auf eines der fünfzehn Meter hohen Fenster zeigte. „Es wurde von den Webern in unserer Stadt gestiftet, weil Maria einst eine Weberin im Tempel war und Anna die Schutzheilige der Weber ist. Das Fenster zeigt Stationen aus dem Leben dieser beiden Frauen."

Kim, Leon und Julian verharrten ehrfürchtig vor dem Kunstwerk, doch Matthäus war schon weitergeeilt.

„Und schaut nur hier: Das ist das *Fenster der beiden*

Johannes. Es zeigt die Geschichten von Johannes dem Täufer, zum Beispiel, wie er Jesus taufte. Ist das nicht eine fantastische Arbeit?", sprudelte es aus dem Jungen hervor.

Redend und gestikulierend hastete er weiter. „Bitte sehr, das *Fenster der fünf Freuden Mariens.* Wenn ihr eure Augen von unten nach oben wandern lasst, erkennt ihr die Geburt Christi, die Anbetung der Könige, eine Tempelszene, den Tod von Maria und ihre Aufnahme in den Himmel."

Matthäus machte eine kurze Pause, dann schlug er sich mit der flachen Hand vor die Stirn. „Aber jetzt muss ich dringend los, sonst gibt es Ärger. Rechts vor dem Westportal ist die Bauhütte der Steinmetzen. Dort werdet ihr meinen Vater finden, der euch eine Arbeit zuteilt. Bis später!"

Schon war der dürre Junge verschwunden.

„Lasst uns noch ein wenig den Handwerkern zuschauen!", schlug Julian vor und lief auch schon los.

Sie warfen einen Blick in die Bauhütte des Schmieds, der Werkzeuge und Nägel herstellte. Dann schauten sie einem Mörtelmischer zu, der mit seiner *Speishaue* die zähe Mörtelmasse in einem hölzernen Viereck umrührte. Neben ihm stand ein Eimer mit Wasser. Ein paar Meter weiter war ein Zimmermann dabei, mit einem *Löffelbohrer* ein Loch in einen Balken zu drehen. Zwei Säger zerteilten mit einer Zugsäge einen großen Holzklotz. In der Hütte der Glasbläser, die die aufwendigen Kirchenfenster herstellten, zischte und puffte es.

Gewaltige Steinblöcke wurden auf stabilen Karren herangefahren und abgeladen. Zuerst gaben Steinbrecher den Blöcken eine grobe Form, dann waren die Steinmetzen und Bildhauer am Zug. Mit Hammer und Meißel schlugen sie filigrane Figuren aus dem harten Stein.

Überall wurde gesägt, geklopft, geschnitten und poliert. Kommandos schallten über die Baustelle, übertönt nur vom Ächzen des großen Krans, an dem gerade ein massiver Steinquader hing.

„Na, wie gefällt euch das?", ertönte die dunkle Stimme von Ulrich Ensinger hinter ihnen.

„Irre!", sagte Leon nur.

„Ja, so kann man es auch nennen", erwiderte der Baumeister lachend und klopfte sich den Staub von der Hose. „Aber hier ist nichts verrückt. Hier entsteht alles wohlüberlegt, hier ist alles durchdacht. Nur so können wir das erschaffen, was einmalig ist – den höchsten Kirchturm der Welt. Zu schade, dass ich ihn nie in Vollendung sehen werde. Dafür reicht ein Leben nun mal nicht."

„Und Eure Aufgabe ist es, das Ganze zu organisieren, oder?", fragte Kim.

„Richtig", sagte Ensinger. „Ich muss alles beaufsichtigen, die Pläne zeichnen und sogar das Material bestellen." Seufzend fügte er hinzu: „Und den Kopf hinhalten, wenn es mal nicht nach Plan läuft. Aber das geschieht gottlob nicht sehr oft. Ich habe die besten Handwerker. Sie sind alle Meister ihres Fachs. Und ich habe viele fleißige Helfer – so wie euch. Kommt mit!"

Der Baumeister führte sie zum Kran. „Ihr könnt die Windenknechte unterstützen", sagte er. „Ihr steigt in das Tretrad und helft mit!"

Da eilte ein großer, kräftiger Mann mit beeindruckenden Henkelohren heran, der ein eckiges, hohlwangiges Gesicht und dunkle Augen hatte. Auch er trug die Kluft der meisten Handwerker auf der Baustelle: Hosen aus grobem Stoff, feste Schuhe und ein weit geschnittenes Hemd mit einer Weste darüber. In der rechten Hand hielt er einen Bauplan.

„Meister Ulrich, so geht das nicht!", rief er statt einer Begrüßung. Die Freunde übersah er einfach.

Ensingers Augen wurden schmal. „Was geht nicht? Drückt Euch deutlicher aus, Wolfram!"

„Ich stand gerade noch einmal auf dem Westturm und habe die Pläne angeschaut. Es wird nicht funktionieren, der Turm wird zu hoch."

Der Baumeister machte eine wegwerfende Handbewegung. „Unsinn, Ihr versteht diese Pläne bloß nicht."

Der Mann mit dem Namen Wolfram straffte die Schultern. Aus seinen Augen sprühte Zorn. „Das tue ich sehr

47

wohl. Immerhin bin ich Meister meines Fachs und habe als Steinmetz schon auf vielen Baustellen gearbeitet. Und Euer Plan, das versichere ich Euch, ist zu kühn!"

Ensinger verschränkte die Arme vor der Brust. „Zu kühn? Er kann gar nicht zu kühn sein, Wolfram. Wir errichten hier etwas von ungeahnter Größe, und es mag sein, dass es Euch ein wenig zu groß erscheint. Aber dann sind nicht die Pläne falsch, dann seid Ihr der falsche Mann für dieses Bauwerk."

Der Steinmetz brauchte ein paar Sekunden, um Ensingers Worte zu verdauen.

„Das Gewicht des Turms wird zu groß sein", sagte er dann beinahe beschwörend. „Das Fundament wird das nicht aushalten. Bedenkt, noch nie wurde ein Turm in dieser Höhe errichtet. Zu Recht, wie ich finde …"

„Dann könnt Ihr auch nicht wissen, ob es funktioniert", kanzelte Ensinger den Steinmetz rüde ab. „Euch fehlen Fantasie, Weitblick und jeglicher Mut!"

Wolframs große Faust schloss sich fest um den Bauplan. „Und Euch, Meister Ulrich, fehlt jegliches Verantwortungsbewusstsein. Ihr wollt Euch mit dieser Kirche ein Denkmal setzen. Ihr fordert Gott heraus! Dabei wäre es klüger und maßvoller, eine normale Kirche zu bauen. Eine, die stehen bleibt und den Menschen Platz bietet, die dem Herrn in Ehrfurcht und Gottvertrauen dienen wollen. Versündigt Euch nicht am Herrn, Meister Ulrich, sondern baut ihm eine Kirche für die Ewigkeit!"

„Es reicht, Wolfram!", brüllte Ensinger sein Gegenüber an und entriss ihm den Plan. „Ihr seid ein Kleingeist,
ein Mensch ohne Visionen. Geht an Eure Arbeit oder
verlasst die Baustelle."

Wolframs Gesicht war weiß vor Wut. Ohne ein weiteres Wort drehte er sich um und ging davon.

Der Mönch

Kopfschüttelnd sagte Ensinger: „Er ist ein guter Handwerker, sogar einer der besten, die ich habe. Aber manchmal ist er zu … wie soll ich sagen … zu vorsichtig. Na, er wird sich schon wieder beruhigen! Und ihr, ihr geht jetzt an eure Arbeit. Wir sehen uns später!"

Leon sah dem Baumeister gedankenverloren hinterher. „Hätte nicht gedacht, dass Ensinger so umstritten ist."

„Nun, das war gerade mal *eine* kritische Stimme", wiegelte Julian ab. „Und es war die Stimme eines ängstlichen Mannes, der offenbar sehr gläubig ist."

„Jungs, Ensinger schaut gerade zu uns herüber. Er scheint darauf zu warten, dass wir mit der Arbeit beginnen. Jetzt werden wir also zu Hamstern", sagte Kim und kicherte.

„Das sieht irgendwie ziemlich anstrengend aus", befürchtete Julian. „Aber was soll's: So sind wir wenigstens ganz nah dran am Münsterbau."

Ein Kommando erschallte und das Tretrad stoppte. Das war die Gelegenheit für Kim, Leon und Julian, in das hölzerne, an einer Seite offene Rad des Krans zu klettern. Kija hockte sich davor und schaute interessiert zu.

Im Tretrad wurden sie von zwei mürrischen Männern begrüßt, denen der Schweiß über die Gesichter rann.

„Na, Verstärkung sieht anders aus", meinte der eine abschätzig.

„Ja, jetzt schicken sie uns schon so junges Gemüse hier rein", ergänzte der andere Arbeiter.

Kim lächelte sie entwaffnend an. „Bleibt ganz locker, Leute. Wir haben doch noch gar nicht gezeigt, was wir können."

„Da bin ich ja mal gespannt", höhnte der erste Mann.

Die Gefährten beachteten ihn nicht weiter. Schon ertönte das nächste Kommando. Die Männer machten ein wenig Platz, sodass die Freunde neben ihnen stehen konnten. Dann legten sie sich gemeinsam ins Zeug. Ganz langsam begann sich das Holzrad zu bewegen, während die Windenknechte im Gleichklang die Füße nach vorn setzten und das Rad so in Schwung hielten. Julian, der ganz außen an der offenen Seite des Rades stand, sah, wie ein weiterer Quader in die Höhe schwebte.

Gegen Mittag spürten die Freunde jeden Muskel in ihren Beinen. Entsprechend froh waren sie, als die anderen Windenknechte eine Pause einlegten.

„Also, ein Hamster hat keinen derart anstrengenden Job", sagte Julian leise.

„Ach komm, ein bisschen Sport kann nicht schaden", erwiderte Leon grinsend. „Seht mal, wer da kommt: Matthäus!"

Der Junge lief winkend auf sie zu.

„Na, wie war's?", fragte er gespannt.

„Gut", riefen Leon und Kim.

„Ganz schön hart", sagte Julian ächzend. „Und wie war's bei dir?"

„Mir brummt der Schädel", antwortete Matthäus. „Ich würde gerne mit euch tauschen und hier mitarbeiten." Er ließ seinen Blick über die Baustelle schweifen. „Eines Tages werde auch ich hier sein. Ich werde die Arbeit meines Vaters weiterführen, auch ich werde Baumeister werden."

„Deshalb musst du auch zur Schule gehen", sagte Kim. „Sieh es als Chance!"

Matthäus nickte. „Ja, diese Lektion habe ich schon verstanden. Aber du kennst meine Lehrer nicht. Die sind furchtbar streng. Und wenn du mal nicht aufpasst, schlagen sie dich mit dem Stock."

Kim verdrehte die Augen. Diese mittelalterlichen Unterrichtsmethoden waren wirklich schaurig.

Die Freunde erzählten Matthäus vom Streit seines Vaters mit dem Steinmetz.

„Ach, dieser Wolfram." Matthäus schnaubte. „Der macht sich immer wieder solche Sorgen. Er ist ein sehr, sehr frommer Mann und hat dauernd Angst, einen

Schritt zu weit zu gehen und sich dadurch zu versündigen. Dabei hat mein Vater den Westturm perfekt geplant. Er hat mir seine Pläne genau erklärt. Es ist wirklich alles durchdacht. Der höchste Turm der Welt wird niemals umfallen! Dafür wird mein Vater schon sorgen – und ich später auch! Aber jetzt muss ich leider erst einmal meine Hausaufgaben machen. Wir sehen uns heute Abend."

Als die Dämmerung hereinbrach, durften die Freunde zusammen mit Ulrich Ensinger den kurzen Heimweg antreten.

Kim, Leon und Julian liefen wie auf Eiern und wurden deshalb vom Baumeister aufgezogen.

„Schaut euch mal eure Katze an. Die ist noch genauso frisch wie am Morgen!", sagte er und lachte.

Die musste sich ja auch nicht als Hamster verdingen, dachte Kim, hielt aber den Mund.

In der Küche der Ensingers wurden die Gefährten und der Baumeister bereits von Magda, Matthäus und den anderen Kindern erwartet. Aber es war noch jemand da – ein mittelgroßer, etwa vierzig Jahre alter Mann, der eine weiße *Tunika* mit ebenso weißer Kapuze und darüber einen schwarzen, offenen Mantel aus dünnem Stoff trug. Die Freunde erkannten gleich, dass es sich um einen Mönch handelte.

Sein länglicher Schädel war bis auf einen kreisrunden

Haarkranz glatt rasiert. Das Gesicht mit der ausgepräg-
ten Adlernase und dem breiten, energischen Kinn strahlte
Ruhe und Güte aus. Die Augen, die er jetzt auf die
Freunde richtete, waren von einem strahlenden Blau.

„Grüß Gott", sagte er mit einer angenehmen, volltö-
nenden Stimme.

Schüchtern erwiderten die Freunde den Gruß.

„Setzt euch doch", forderte Magda ihren Mann und
die Gefährten auf. „Gleich gibt es Essen."

„Fein!", rief Matthäus.

Dann stellte er dem Mönch seine neuen Freunde vor.

„Freut mich", sagte der Mönch. „Mein Name ist Jakob,
wie ihr vermutlich schon wisst. Ich bin im Auftrag des
allmächtigen Herrn unterwegs und Meister Ulrich hatte
die Güte, mich in seinem Haus aufzunehmen."

„Es ist mir eine Freude", sagte Ulrich mit einer Verbeugung.

„Was gibt's denn heute zu essen?", fragte Matthäus,
der bereits einen Löffel in der Hand hatte.

Magda lächelte. „Fleischspieße mit Rauchfleischboh-
nen, geschmorten Zwiebeln und Semmeltörtchen."

„Mmh!", machte ihr Sohn begeistert.

Auch den Freunden lief nach dem anstrengenden Tag
das Wasser im Mund zusammen.

Kurz darauf stand das verführerisch duftende Mahl
auf dem Tisch. Der Mönch sprach ein Gebet, und nach-
dem sich alle bekreuzigt hatten, griffen sie zu.

„Ich habe noch nie so lecker gegessen!", gestand Leon. „Das schmeckt wirklich fantastisch!"

Matthäus redete auch beim Essen fast ohne Unterbrechung, während seine vier Geschwister eher schweigsam blieben. Der Fortgang des Münsterbaus interessierte ihn brennend und so stellte er seinem Vater eine Frage nach der anderen.

Julian, Kim und Leon lauschten interessiert – im Gegensatz zu Kija, die auf der Fensterbank hockte und mit einem Knochen beschäftigt war, an dem noch viel Fleisch hing.

Es war ein ausgesprochen friedlicher Abend, was auch daran lag, dass niemand den Drohbrief erwähnte.

Nach dem Mahl zog sich Jakob, der sich ebenfalls als eher schweigsamer Zeitgenosse entpuppt hatte, in seine Kammer zurück.

„Ich will dem Herrn im Gebet für diesen Tag danken und mich auf den morgigen vorbereiten. In jeder Predigt ruht ein bestimmter Geist", erklärte er. „Eine Botschaft, die es zu verbreiten gilt. Und um diese Botschaft in die Welt zu tragen, bedarf es einer gewissen Vorbereitung."

Die Freunde halfen Magda beim Abwasch, während sich Ulrich ein Pfeifchen stopfte.

Unvermittelt sprang er vom Stuhl auf. „Herrgott noch einmal!", entfuhr es ihm. „Jetzt habe ich doch wieder etwas auf der Baustelle vergessen."

„Was ist es diesmal?", rief Matthäus lachend.

„Das ist nicht zum Lachen. Ich habe meinen Zirkel vergessen."

„Oje, der ist wirklich sehr wertvoll!", sagte seine Frau. „Du wirst ihn holen müssen, sonst wird er noch gestohlen."

„Ich kann auch zur Baustelle laufen", bot Julian an. „Ich müsste nur wissen, wo der Zirkel ist."

Der Baumeister kratzte sich am Hinterkopf.

„Hast du vergessen, wo du ihn vergessen hast?", lästerte Matthäus.

„Sei nicht so frech!", rügte der Baumeister ihn. Dann ging ein Leuchten über sein Gesicht. „Ich glaube, ich weiß es: Er müsste neben der Bauhütte der Steinmetzen liegen, auf einem rechteckigen Quader!"

Julian wunderte sich ein wenig, was der Zirkel dort verloren hatte, aber das spielte keine große Rolle. Er wollte sich nützlich machen und hatte jetzt Gelegenheit dazu.

„Sollen wir mitkommen?", fragte Leon.

„Nein, lasst mal", entgegnete Julian und verließ das Haus.

Als er in der düsteren Gasse stand, bereute er seinen Mut. Er konnte kaum die eigene Hand vor Augen sehen. Und wer wusste schon, wer im nächtlichen Ulm so alles herumschlich … Der Überfall auf Matthäus kam ihm in den Sinn und sorgte dafür, dass sich sein Puls rasant beschleunigte.

Flucht durch nächtliche Gassen

Julian schluckte, dann machte er sich auf den Weg. Zügig lenkte er seine Schritte Richtung Münster. Der Abend war unangenehm kühl.

Als er in eine andere Gasse abbog, fiel etwas fahles Mondlicht auf seinen Weg. Das Licht war kalt und weiß, aber Julian empfand es dennoch als tröstlich.

Doch mit einem Mal hatte er das Gefühl, dass sich das hallende Geräusch, das seine Schritte hervorriefen, verdoppelt hatte.

Wurde er verfolgt? Abrupt blieb der Junge stehen und lauschte. Er wagte es nicht, sich umzusehen. Irgendwo kläffte ein Hund. Eine Tür fiel ins Schloss, ein leises Lachen verlor sich in den Gassen. Doch Schritte waren nicht zu hören. Schon atmete Julian auf und wollte weitergehen. Aber dann fiel ihm ein, dass sein Verfolger ja vielleicht einfach ebenfalls stehen geblieben sein könnte! Julians Nackenhaare stellten sich auf.

Nein, Blödsinn, sagte er sich, da ist bestimmt niemand.

Oder etwa doch?

Ruckartig drehte sich der Junge um – und erkannte gerade noch, wie eine Fußspitze hinter eine Hausecke zurückgezogen wurde.

Wer war das gewesen? Ein Dieb, der ihm auflauern wollte?

Julian spielte mit dem Gedanken, zu den Ensingers zurückzulaufen. Aber dann würde er dem Kerl hinter der Ecke genau in die Arme rennen. Nein, er musste weiter, zum Münster.

Oder um Hilfe rufen!

Er schaute sich um. Aus den Häusern fiel kein Licht, es schien, als seien sie verlassen.

War das möglich? Hinter den Schlagläden müssten doch eigentlich noch Menschen beisammensitzen. Julian lauschte erneut in die Dunkelheit, aber es war absolut nichts zu hören.

Er jagte los. Die Gasse wurde schmaler, machte einen scharfen Knick und führte – vor eine etwa zwei Meter hohe Mauer.

Julian schnaufte. So ein Mist, er hatte sich verlaufen! Er hätte schwören können, dass diese verfluchte Wand heute Morgen noch nicht da gewesen war.

Aber jetzt war sie es. Hektisch blickte sich der Junge um. Irgendwie musste er über die Mauer kommen!

Schritte wurden laut, der Verfolger kam näher.

Julian kletterte auf eine Kiste, die in der Gosse lag, sprang hoch, bekam die Kante der Mauer zu fassen und zog sich keuchend hinauf. Jetzt hockte er auf der Mauerkrone wie ein Reiter auf dem Pferd und blickte auf der anderen Seite hinunter. Er erschrak. Von hier oben sah alles furchtbar hoch aus. Und auf der anderen Seite gab es leider keine Kiste, auf die er sich herunterlassen konnte …

Er blickte zurück. Eine Gestalt in einem dunklen, wehenden Mantel lief auf ihn zu. Etwas blitzte im Mondlicht auf, und Julian erkannte, dass es ein langes Messer war. Sein Blut gefror.

In seiner Panik beschloss der Junge, dass die Höhe gar nicht so beachtlich war. Er hängte sich an die Mauerkante und ließ sich fallen. Der Aufprall war hart, aber nicht allzu schmerzhaft.

Erleichtert sprintete Julian los. Doch hinter sich hörte er etwas scheppern und er ahnte, dass ihm die Gestalt weiterhin auf den Fersen war.

Julian lief um sein Leben und bog in die nächstbeste Gasse ab, um den Verfolger abzuschütteln. Längst hatte er jede Orientierung verloren, aber das spielte jetzt keine Rolle mehr. Hauptsache, er brachte möglichst viele Meter zwischen sich und diese Gestalt.

Der Junge schoss an einem Brunnen vorbei, hielt sich auf bloßen Verdacht hin links und erblickte, umgeben von Wolkenfetzen, den Turm des Münsters! Jetzt war er gleich da.

Er verlangsamte seine Schritte und wagte einen erneuten Blick über die Schulter. Niemand zu sehen, was für ein Glück!

Schräger Gesang drang an seine Ohren, und Julian wandte sich wieder dem Münster zu. Zwei Betrunkene kamen ihm Arm in Arm entgegen.

Einen Moment lang überlegte Julian, ob er die Männer ansprechen sollte, aber er ließ es. Erstens waren die beiden alles andere als nüchtern, und zweitens war von seinem Verfolger nichts mehr zu sehen. Man hätte ihn nur ausgelacht.

Also lief er weiter. Dabei begann er sich zu entspannen. Er würde jetzt schnell den Zirkel holen und wieder zu den Ensingers flitzen.

Die Attacke kam so schnell, dass Julian noch nicht mal Luft holen konnte, um zu schreien.

Wie eine riesige Fledermaus war die Gestalt aus einer dunklen Ecke gehuscht, das Messer gezückt. Der Vermummte holte aus und rammte die Waffe unmittelbar vor Julians Nase in den Holzbalken eines Fachwerkhauses. Dann rannte der Mann davon und verschwand geräuschlos in der Dunkelheit.

Erst jetzt schnappte der Junge nach Luft. Nur ganz allmählich gelang es ihm, seine Atmung in den Griff zu bekommen.

Julian starrte fassungslos auf das Messer in dem Balken. Überrascht erkannte er, dass etwas mit einem Faden an dem langen Griff befestigt war. Es war ein zusammengerolltes Stück Pergament. Dieses Spiel kannte er doch schon …

Mit zitternden Fingern löste der Junge das Schriftstück von der Waffe und rollte es langsam auf. Dann trat er in die Mitte der Gasse, damit mehr Mondlicht auf das fiel, was auf dem Pergament stand.

Während Julian die Zeilen im schwachen Licht mühsam überflog, wünschte er sich, niemals zu diesem Abenteuer aufgebrochen zu sein.

Gut kombiniert

Als Leon seinen Freund erblickte, war ihm sofort klar, dass irgendetwas passiert sein musste. Julian war gerade keuchend durch die Küchentür hereingestürmt und stand jetzt mit schneeweißem Gesicht am Tisch, wo die Ensingers, Kim und er selbst ihn fragend ansahen.

„He, was ist los?", forschte Leon schließlich nach, als Julian keine Anstalten machte, etwas zu sagen.

Schweigend zog Julian ein zusammengerolltes Stück Pergament unter seinem Hemd hervor. Mit zitternden Fingern breitete er es auf dem Tisch aus. „Seht … selbst", sagte er stockend.

Leon stand auf und beugte sich über das Schriftstück. Sofort erkannte er die Handschrift wieder – und bekam prompt weiche Knie.

„Hör auf, Ulrich!", las Leon laut vor. „Halte ein beim Bau des Turms deiner Träume. Dieser Turm will sich über alles erheben, er will größer sein und mächtiger als alles bisher Gewesene. Doch besinne dich auf das, was du tun sollst und nicht auf das, was du tun willst. Kehre um auf deinem Irrweg und tu das, was dir dein Herr befiehlt, in Buße und Demut. Sonst wirst du beten, niemals gelebt zu haben."

Leon schluckte, dann las er auch noch den letzten Satz: „Rühme dich nicht des morgigen Tages, denn du weißt nicht, was heute sich begeben mag ..."

„Ein Spruch aus dem Alten Testament, wenn ich nicht irre", sagte der Baumeister mit düsterer Miene. „Hol meine Bibel, Matthäus!"

Der Junge sauste los und kehrte nur eine Minute später zurück.

Während die anderen schwiegen, blätterte Ulrich in der Heiligen Schrift.

„Ja, da steht dieser Spruch. Kapitel 27, Vers 1", sagte der Baumeister. „Woher hast du den Brief, Julian?"

Der Junge berichtete in allen Einzelheiten von dem unheimlichen Verfolger. Dabei erwähnte er auch, dass er den Angreifer nicht erkannt hatte. Und schließlich gab er zu, dass er den Zirkel nicht geholt hatte.

„Zu dumm, dass wir nicht wissen, wer dich verfolgt hat. Sonst würde ich dafür sorgen, dass dieser Kerl in den Kerker kommt", grummelte Ulrich. Dann winkte er ab. „Mach dir keine Gedanken wegen des Zirkels. Der spielt jetzt wirklich keine Rolle!"

„Er hat Julian als Boten benutzt", flüsterte seine Frau. „Es ist eine Warnung, Ulrich. Du sollst aufhören, am Münster zu bauen – oder zumindest den Bau des Turms einstellen!"

„Nein, niemals!", stieß der Baumeister hervor. „Der Turm ist mein Werk, mein *Lebens*werk! Er ist meine Idee, ich habe ihn geplant und ihn gezeichnet!"

„Richtig, Vater!", rief Matthäus. „Und nur du kannst ihn weiterbauen. Niemand außer dir hat das Wissen, also darfst du nicht aufgeben, ganz gleich, was der Verrückte da in seinen Briefen von dir verlangt!"

Ulrich schaute seinen Sohn mit einem Anflug von Stolz an: „Auch in dir steckt ein Baumeister. Man darf nie aufgeben, wenn man ein klares Ziel vor Augen hat. Denn der Wille versetzt Berge."

Matthäus nickte ihm zu. „Du wirst also nicht klein beigeben?"

„Selbstverständlich nicht!", bestätigte Ulrich.

„Gut so!", ermutigten Matthäus und Magda ihn. Dann holte Magda einen großen Krug mit kühlem Bier und goss ihrem Mann einen Becher ein.

Ulrich prostete den anderen zu, die zu ihren Bechern mit Wasser griffen. „Auf den höchsten Turm der Welt!"

„Auf den Turm!", riefen Magda und die Kinder im Chor.

Eine halbe Stunde später waren die Freunde in ihrer Kammer. Sie setzten sich auf ihre einfachen Lagerstätten und berieten sich. Kija sprang von einem zum anderen und holte sich ein paar Streicheleinheiten ab.

„Wirklich zu schade, dass du den Verfolger nicht erkannt hast", sagte Kim zu Julian.

„Ja, aber das war wirklich absolut unmöglich, der Kerl war ja vermummt", erwiderte er.

Leon begann, an seinem Ohrläppchen zu zupfen – wie immer, wenn er scharf nachdachte.

„Nun", sagte er schließlich, „gewisse Anhaltspunkte haben wir aber schon."

Julian und Kim blickten ihn erwartungsvoll an.

„Wir wissen drei Dinge über den Erpresser", führte Leon aus. „Erstens: Er ist ein Gegner des Turmbaus. Zweitens muss er tief religiös sein, er kennt sich schließlich bestens in der Bibel aus. Und drittens scheint er sich in Ulm sehr gut zurechtzufinden."

„Stimmt, so weit kann ich dir folgen", sagte Julian.

„Meiner Meinung nach treffen diese drei Eigenschaften nur auf einen einzigen Mann zu ..." Leon machte eine Pause.

„Spann uns nicht länger auf die Folter!", drängte Kim.

Leon kostete den Moment ein wenig aus. Dann sagte er: „Ich denke, Wolfram ist höchst verdächtig!"

„Na klar!", entfuhr es Julian. „Wir haben ja den Streit zwischen ihm und Meister Ulrich mitangehört. Wolfram will nicht, dass der Turm so hoch wird ..."

„Ja", ergänzte Kim. „Zudem ist er sehr gläubig und wohnt hier in der Stadt Ulm. Gut kombiniert, Leon!"

Leon deutete eine Verbeugung an. „Den Steinmetz sollten wir im Blick behalten, Leute. Aber jetzt muss ich mich aufs Ohr hauen. Sonst fallen mir morgen im Hamsterrad die Augen zu."

Eine Warnung
des Teufels

„Du wirst zu spät kommen und dann spürst du den Rohr-stock!", warnte Magda Matthäus am nächsten Morgen. „Sieh endlich zu, dass du loskommst – so wie deine folg-samen Brüder!"

„Bin ja schon unterwegs, Mutter!", rief Matthäus und sprang vom Tisch auf, an dem er mit den Gefährten ge-sessen und gefrühstückt hatte.

Mit einem letzten Bissen Graubrot im Mund stürmte er zur Tür. „Bis später, ich komme nach der Schule auf die Baustelle", rief er über die Schulter zurück.

„Dorthin sollten wir jetzt wohl auch", sagte Kim und erhob sich ebenfalls. „Die Arbeit ruft, Jungs."

Sie bedankten sich bei Magda für das Frühstück und liefen in Richtung Münster.

Kim ging voran und wählte den Weg über den Wein-hof. Es war ein klarer, kühler Morgen. Die Sonne schickte sich gerade an, den Himmel zu erobern.

Die Freunde schlenderten an verschiedenen Werkstät-ten vorbei. Sie sahen einen Kannengießer, der verschie-denste Zinngefäße anfertigte und einen Fassbinder, der

Fässer in sämtlichen Größen verkaufte. Ein *Plattner* gab mit seinem Hämmerchen einem *Harnisch* die richtige Form.

Dann stieg Kim ein stechender Geruch in die Nase. Er schien aus einem großen Fachwerkhaus auf der rechten Seite des Platzes zu kommen.

„Lasst uns da mal hineinschauen", schlug Kim vor, „da scheint eine große Werkstatt oder so etwas zu sein."

Nach wenigen Schritten standen sie vor dem Haus. Der Geruch drang durch die offenen Schlagläden im Erdgeschoss.

Neugierig spähten die Freunde in das Gebäude. In einer drei Meter hohen Halle standen zehn große Bottiche, die wie halbierte Fässer aussahen und etwa anderthalb Meter hoch waren. Männer mit Schürzen rührten in dampfenden Flüssigkeiten von unterschiedlicher Farbe.

Nun stieß einer der Arbeiter einen dicken Stock in sein Fass mit tiefblauer Farbe und fischte ein Stück Stoff heraus. Er schaute es prüfend an, schüttelte den Kopf und ließ es wieder in die Tiefen des Bottichs gleiten.

„Das sind Färber", sagte Kim und deutete nach links. „Und da drüben wird der Stoff zugeschnitten."

An großen Tischen standen Schneider, die den Stoff von großen Rollen abwickelten und dann exakt zuschnitten. Dazu diente ihnen neben einer Schere ein großer, hölzerner Maßstock.

„Kommt, wir sollten weitergehen, sonst wird Ulrich noch böse auf uns", drängte Leon. „Er wird schon auf seine Hamstertruppe warten."

Kim hätte den Tuchmachern gern noch eine Weile bei der Arbeit zugeschaut, aber Ärger mit dem Baumeister wollte sie nicht riskieren.

Als sie sich umdrehte, hörte sie eine laute Stimme, die ihr irgendwie vertraut vorkam. Sie ließ ihren Blick schweifen und entdeckte den Dominikanermönch Jakob, der auf einer Stufe vor einem Bürgerhaus stand. Zwei Frauen und ein alter Mann waren stehen geblieben und lauschten ihm. Jetzt gesellte sich noch ein Marktweib mit einem Korb voller Eier hinzu.

Jakob hob die Arme zum Himmel und redete weiter.

Beim Näherkommen erkannte Kim, dass Jakob eine Predigt hielt. Die Freunde blieben in einiger Entfernung stehen und hörten ebenfalls zu. Kija hockte sich direkt neben Kim und es machte den Anschein, als ob auch sie lauschen würde.

„Die Wege des Herrn sind manchmal nicht einfach nachzuvollziehen", rief Jakob gerade. „Aber bedenkt: Es ist nicht unsere Aufgabe, diese Wege zu hinterfragen. In Gottvertrauen müssen wir den Weg beschreiten, der uns vorgezeichnet ist. Denn der Herr ist mein Hirte, heißt es im 23. Psalm! Und ob ich schon wanderte im finstren Tal, fürchte ich kein Unglück. Denn Du bist bei mir, Herr, Dein Stecken und Stab trösten mich!"

Jakob ließ seinen Blick von einem zum anderen wandern. „Bedenkt dies immer, so seid ihr auf dem rechten Weg, behütet von Gott in seiner unendlichen Gnade und Güte!", forderte er seine Zuhörer auf.

Diese nickten. Weitere Ulmer kamen hinzu, und es bildete sich nach und nach ein regelrechter Menschenauflauf.

„Jakob versteht es, die Leute zu fesseln", sagte Kim anerkennend. „Er ist wirklich ein guter Redner."

„Ja, aber wir sollten uns nun wirklich auf den Weg zur Baustelle machen", drängte Leon erneut.

Und so flitzten die Gefährten zum Münster. Dort herrschte der übliche Betrieb. Gerade rollten zwei Fuhrwerke heran, die von je vier kräftigen Pferden gezogen wurden und mit großen Steinbrocken beladen waren. Die Kutscher bahnten sich ihren Weg zur Bauhütte der Steinmetzen. Die Freunde liefen einfach hinterher, weil sie hofften, dort Ulrich Ensinger anzutreffen.

Vor der Hütte saß ein Steinmetz auf seinem einbeinigen Schemel und bearbeitete mit der beidhändig geführten *Spitzfläche* einen Steinquader. Vor ihm auf dem Boden lagen weitere Werkzeuge, darunter *Winkelmaß* und *Schablone*.

Aus der Hütte, deren Tür offen stand, drangen laute Stimmen.

„He, da könnt ihr nicht einfach rein!", stoppte der Steinmetz die Freunde. „Gerade ist unser Bürgermeister *Hanns Strölin uf dem Hof* da."

„Na und?", gab Kim unbekümmert zurück. „Dann sage ich ihm eben mal guten Tag!"

An dem kopfschüttelnden Steinmetz vorbei betraten die Freunde die Bauhütte.

Kim schätzte, dass die Hütte vielleicht fünfzig Quadratmeter maß. Sie war mit Werkzeug vollgestopft. In der Rückwand gab es eine weitere Tür, die einen Spalt offen stand. In der Mitte der Hütte erblickte Kim den Baumeister. Er beugte sich gerade über einen breiten Tisch, auf dem verschiedene Baupläne lagen.

Neben Ulrich stand ein kleiner, rundlicher Mann mit einem imposanten Schnauzbart, kleinen Schweinsäuglein und Doppelkinn. Er trug ein weinrotes Hemd und darüber ein ärmelloses dunkelgraues Wams. Schwarze Hosen und ein breitkrempiger Hut samt Feder komplettierten die elegante Erscheinung.

„Und hier, verehrter Bürgermeister", sagte Ulrich gerade und deutete auf einen der Pläne, „hier seht Ihr unser Meisterstück: den Turm der Türme."

„Ja, ja, den Plan kenne ich doch längst", murmelte Hanns Strölin uf dem Hof und blickte den Baumeister prüfend an. „Ich will wissen, ob Ihr den Zeitplan einhaltet."

„Selbstverständlich!", gab Ulrich überzeugt zurück.

„Es läuft alles wie vorgesehen! Verlasst Euch nur auf mich."

„Möge es gelingen", sagte der Bürgermeister nachdenklich und fuhr mit dem rechten Zeigefinger an den Konturen des Turms auf dem Plan entlang. „Zum Ruhme Gottes, zu Ehren des Herrn."

„So soll es sein", erwiderte Ulrich.

Der Bürgermeister klopfte auf den Plan, sog hörbar die Luft ein und stapfte dann zur Tür, wo die Gefährten standen.

„Haltet mich auf dem Laufenden", verlangte Hanns Strölin uf dem Hof beim Hinausgehen. „Schließlich sind es die Ulmer Bürger, die dieses Bauwerk bezahlen – und somit auch Euch, Ulrich Ensinger."

„Natürlich, natürlich", beeilte sich der Baumeister zu sagen und deutete eine Verbeugung an.

Dann war das Stadtoberhaupt verschwunden.

„Da seid ihr ja", begrüßte Ulrich die Freunde jetzt. „Der Bürgermeister kommt öfter vorbei, um das Fortschreiten der Arbeiten zu kontrollieren. Nun, das ist sein gutes Recht. Und ihr wollt euch wieder nützlich machen?"

„Aber ja!", rief Kim prompt.

„Sehr gut, Arbeit gibt es schließlich immer genug. Ich schlage vor, dass ihr wieder die Windenknechte unterstützt."

Und so fanden sich die Freunde wenig später erneut in dem großen Laufrad wieder.

Kija suchte sich ein Plätzchen etwas abseits des Trubels. Sie rollte sich auf einem Steinquader zusammen, der offenbar gerade nicht benötigt wurde und der bereits von der Sonne erwärmt war – ein äußerst behaglicher Aufenthaltsort, vor allem verglichen mit dem ihrer drei Freunde ...

Während Kim, Leon und Julian ihrer eintönigen Arbeit nachgingen, hielten sie von ihrer erhöhten Warte aus immer wieder Ausschau nach Wolfram. Mehrfach geriet der Steinmetz in ihr Blickfeld. Aber er verhielt sich unauffällig.

Gegen Mittag durften Kim, Leon und Julian endlich eine Pause einlegen. Ulrich Ensinger sorgte dafür, dass sie Brot, Wurst und Wasser bekamen. Damit verzogen sie sich zu Kija.

Kim riss ein Stück von ihrer Wurst ab und gab es der Katze, die sich sofort gierig darüber hermachte.

„Da kommt Matthäus!", rief Julian und winkte.

Jetzt erkannte Matthäus seine neuen Freunde und kam zu ihnen.

„Hab ich einen Kohldampf!", sagte er mit großen, hungrigen Augen.

Leon bot ihm etwas an, aber Matthäus schüttelte den Kopf. „Nein, das ist für euch. Mutter hat bestimmt etwas Feines auf dem Herd! Kommt doch mit, Vater hat sicher nichts dagegen einzuwenden."

Kim lächelte. Angesichts der wunderbaren Koch-
künste von Magda war das eine durchaus verlockende
Vorstellung.

Sie wollte gerade etwas antworten, als Kija maunzte.
Die Katze schaute starr auf die Hütte der Steinmetzen.

Kim folgte Kijas Blick. Die Tür zur Hütte war offen.
Wenige Meter davon entfernt stand Ulrich, der in ein
Gespräch mit einem anderen Mann vertieft war.

Kija miaute energisch.

„Was hast du?", wunderte sich Kim.

„Vielleicht Hunger", sagte Matthäus obenhin. „Wir
können sie doch mitnehmen."

Kim knabberte an ihrer Unterlippe. Sie kannte Kija
gut genug, um zu wissen, dass es gerade nicht um Futter
ging. Die Katze wollte sie auf etwas aufmerksam machen. Aber worauf?

Unvermittelt sauste Kija los, genau auf die offene Tür
der Bauhütte zu.

Ohne groß nachzudenken folgte Kim der Katze.

Im Rücken von Ulrich Ensinger betrat Kim die Hütte.
Hinter sich spürte das Mädchen seine Freunde.

Die Hütte schien verwaist zu sein. Kim warf einen
Blick auf den Tisch. Er war leer. Keine Baupläne …

In dieser Sekunde sprang ein Schatten hinter dem
Tisch hervor und verschwand durch die rückwärtige Tür.
Das Ganze war blitzschnell gegangen. Doch Kim war
sich sicher, dass der vermummte Unbekannte etwas in

der Hand gehabt hatte. Und das hatte sehr nach zusammengerollten Bauplänen ausgesehen.

„Ein Dieb!", schrie Kim und rannte dem Fliehenden hinterher.

Der Dieb jagte Richtung Chor, vorbei an zwei Tagelöhnern, die sich mit einer Trage voller Steine abmühten, bog scharf rechts ab und stürmte in die Kramgasse.

„Haltet ihn auf!", brüllte Kim, aber niemand schenkte dem Mädchen große Beachtung.

Typisch!, dachte Kim wütend, bis Erwachsene mal auf den Trichter kommen, ist es meistens zu spät.

„Alles muss man selber machen!", rief sie ihren Freunden zu.

„Du sagst es!", brüllte Leon hinter ihr.

Jetzt rannte der Vermummte nach links in die Langgasse.

Kim begann zu keuchen. Der Mann hatte wirklich ein beachtliches Tempo drauf! Aber Kim wäre nicht Kim, wenn sie lockergelassen hätte.

Zack, wieder ein abrupter Richtungswechsel. Nun ging es nach rechts in die Kleine Herdbruckergasse.

„Er will zur Donau!", rief Matthäus von hinten.

Mit jagendem Atem blieben die Gefährten an dem Dieb dran. Doch plötzlich war er verschwunden, wie vom Erdboden verschluckt.

Japsend blieb Kim stehen.

„Das ... gibt es ... doch ... gar nicht!", sagte sie keuchend. „Wo ist der Mistkerl hin?"

„Keine Ahnung", gab Julian zu.

Auch Leon und Matthäus schüttelten nur die Köpfe.

Kim drehte sich langsam um die eigene Achse und beobachtete ihre Umgebung ganz genau. Sie befanden sich nur wenige Meter von der etwa vier Meter hohen, zinnenbewehrten Stadtmauer entfernt. Das Herdbruckertor stand offen. Ein zweiachsiger Karren rumpelte gerade hindurch. Dahinter erblickte Kim die träge dahinfließende Donau.

„Das darf doch alles nicht wahr sein!", schimpfte sie vor sich hin. „Der kann sich doch nicht einfach in Luft auflösen!"

„Jetzt sind die einzigartigen Baupläne verloren", sagte Matthäus betrübt. „Warum hat niemand den elenden Dieb aufgehalten? Und warum hat mein Vater die Tür zur Bauhütte nicht verschlossen, als er sie verließ? Er ist manchmal so zerstreut und vergesslich ..."

Da ertönte ein Pfeifton, kurz und energisch. So klang es, wenn man jemanden anlocken oder auf etwas aufmerksam machen wollte. Doch Kim konnte das Geräusch nicht orten – woher war es gekommen?

Kija miaute und sorgte damit dafür, dass Kim zu ihr schaute.

Die kluge Katze legte den Kopf schief, blinzelte dem

Mädchen zu und glitt elegant in eine winzige Neben-
gasse, in der es penetrant nach Fisch roch.

Mit gerümpften Nasen folgten Kim, Julian, Leon und
Matthäus der Katze.

Nette Gegend, dachte Kim, während sie darauf achtete, nicht in Pfützen mit undefinierbarem Inhalt zu treten. Plötzlich stieg ihr ein anderer Geruch in die Nase – es
roch nach verkohltem Papier.

Kim beschlich eine böse Ahnung. Der Kerl hatte doch
nicht etwa …

Doch, hatte er, musste sie wenige Meter weiter feststellen. Kim stand mit den anderen vor einem kokelnden
Pergament-Häufchen.

„Großer Gott, das … das sind die Baupläne meines
Vaters!", stammelte Matthäus. Er beugte sich hinab und
riss ein Stück Pergament aus dem Haufen.

„Da, seht nur, hier ist die Zeichnung vom Westturm.
Man erkennt noch ein wenig, da am Rand, das Fundament. Das … das ist doch …"

Weiter kam der Sohn des Baumeisters nicht. Tränen
stürzten aus seinen Augen.

Kim legte ihm einen Arm um die Schultern. Dabei
blickte sie sich um. Zweifellos hatte der Dieb gerade ge-
pfiffen, um sie hierherzulocken. Aber natürlich war er
längst verschwunden.

„Dein Vater ist ein großartiger Baumeister", versuchte
sie Matthäus zu trösten, wenngleich auch ihr der Anblick

der zerstörten Pläne schwer zu schaffen machte. „Er wird auch ohne die Pläne wissen, was zu tun ist!"

„Und wenn nicht?", sagte Matthäus und schniefte. „Dann ist alles verloren!"

„Nein, bestimmt nicht", sagte Kim, ohne zu wissen, ob sie damit richtig lag. Aber Matthäus brauchte jetzt Trost, und nur darauf kam es an.

„He, da liegt ja wieder eine Botschaft!", erkannte sie plötzlich. In der Gosse, nur zwei Meter entfernt, lag ein zusammengerolltes Schriftstück.

„Eine Botschaft des Erpressers, wetten?", sagte Kim grimmig, entrollte das Pergamentstück und las vor, was dort stand:

„Mir scheint, du willst nicht hören, Ulrich! Du betreibst weiter dein schändliches Werk, das du ein Werk Gottes nennst und das doch nur deiner Eitelkeit dient. Nun habe ich dir deine hochtrabenden Pläne entrissen und sie zerstört, doch das ist nur der Anfang, wenn du nicht einlenkst. Kehr um auf deinem Irrweg, sonst wirst du einen Vorgeschmack auf die Hölle bekommen."

Kim sah ihre Freunde an. „Dieser Mann ist krank", sagte sie tonlos.

„Steht da noch mehr?", wollte Matthäus wissen und schaute Kim über die Schulter.

„Oh ja, da hat er wohl wieder einen biblischen Spruch hingeschrieben", antwortete Kim und las die unheimliche Botschaft zu Ende vor: „Wo Stolz ist, da ist auch Schmach, aber Weisheit ist bei den Demütigen."

Mit tränenblinden Augen schaute Matthäus seine Freunde an: „Er will meinen Vater vernichten, er ist der Teufel!"

Blutrote Schrift

Niedergeschlagen liefen die Freunde zurück zur Baustelle. Sie fanden Ulrich Ensinger in der Nähe des West-
portals.

„Was ist denn los, um Gottes willen?", fragte der Baumeister, sobald er den verheulten Matthäus erblickte.

Stockend berichtete sein Sohn, was sich ereignet
hatte.

Ulrich fuhr herum und schaute entgeistert zur Bauhütte. „Wie furchtbar! Ich habe die Pläne unbeaufsichtigt
in der Hütte liegen gelassen! Ich hätte sie wegschließen
müssen – aber wer konnte denn ahnen, dass sich ein Dieb
hineinschleicht und …" Er brach den Satz ab. Auf seiner
Stirn hatten sich tiefe Falten gebildet.

Julian bemerkte, dass einige Handwerker und Tagelöhner neugierig zu ihnen herüberschauten. Offenbar
war ihnen nicht entgangen, dass irgendetwas passiert
sein musste.

Schon legte ein Mörtelmischer, ein alter Mann mit
grauen Haaren und hängenden Schultern, seine Speishaue zur Seite und ging mit zögernden Schritten auf den

Baumeister zu. Andere folgten ihm. Rasch bildete sich ein Menschenauflauf.

„Da kommt auch Wolfram", sagte Julian leise zu Kim und Leon.

Der Steinmetz pflanzte sich genau gegenüber von Ulrich auf und verschränkte die Hände hinter dem Rücken.

Julian musterte Wolframs Gesicht genau. Auf der Stirn des Steinmetzen stand Schweiß. Kam das, weil Wolfram gerade gerannt war, weil er die Baupläne gestohlen und zur Donau gehetzt war? Oder war er bei der Arbeit auf der Baustelle derart ins Schwitzen geraten?, überlegte Julian, während er Wolfram weiter fixierte.

Dessen Mund war verkniffen, das Gesicht blass. Er hatte die Augen starr auf den Baumeister gerichtet, als wollte er ihn mit seinen Blicken durchbohren.

Aber auch die anderen Männer wandten ihre Blicke nicht von Ulrich ab. Sie schienen auf etwas zu warten.

„Na gut", sagte der Baumeister seufzend und kletterte auf einen unbehauenen Steinquader.

„Hört alle her!", rief er überflüssigerweise, weil ihm ohnehin alle Aufmerksamkeit zuteilwurde.

„Gerade wurden die Baupläne gestohlen. Der Täter ist damit in Richtung Donau gelaufen und hat sie verbrannt. Matthäus und seine Freunde haben die kümmerlichen Überreste gefunden …"

Durch die Männer ging ein Raunen.

„Dann sind wir jetzt wohl alle arbeitslos", sagte ein Tagelöhner bedrückt.

„Unsinn!", erwiderte Ulrich. „Niemand wird seine Arbeit verlieren! Das verspreche ich euch!"

Viele Männer klatschten und ließen den Baumeister hochleben. Doch Julian entging nicht, dass einige der Handwerker offenbar Zweifel hatten – das konnte er deutlich in ihren Gesichtern lesen.

„Wie das?", wollte prompt ein kleiner Dicker wissen.

„Weil ich die Pläne im Kopf habe", sagte der Baumeister fest. Er tippte auf seine rechte Schläfe. „Da drin!"

Wieder gab es verhaltenen Beifall. Matthäus schaute voller Zuversicht zu seinem Vater auf.

Doch der Mörtelmischer zog die Stirn kraus. „Aber das ist unmöglich, dieser Kirchenbau ist doch viel zu … zu kompliziert!"

Julian schaute erneut zu Wolfram. Der Steinmetz hatte die Wangen nach innen gesogen und kaute drauf herum.

„Nein!", schleuderte Ulrich den Arbeitern von seinem Stein entgegen. „Das ist es nicht. Ich kann auch ohne Pläne arbeiten – also könnt ihr es ebenfalls!"

„Ha, das möchte ich sehen!", sagte Wolfram jetzt.

Hätte mich auch gewundert, wenn von dir nichts zu hören gewesen wäre!, dachte Julian insgeheim.

Der Steinmetz trat einen Schritt vor. „Ich hatte die Ehre, Eure Pläne sehen zu dürfen, Meister Ulrich. Daher weiß ich, wie kühn sie sind. Um nicht zu sagen: verwegen.

Ich glaube, dass der Bau des Turms ohnehin kaum zu vollenden ist – und ohne die Pläne schon mal gar nicht."

Ulrich wollte etwas erwidern, aber der Mörtelmischer kam ihm zuvor. „Wieso soll der Turmbau nicht klappen?"

„Weil der Turm zu hoch ist!", rief der Steinmetz jetzt laut. „Er wird einstürzen. Dieser Turm ist ein Werk des, des …"

„Teufels?", schrie der Baumeister ihn an. „Das wolltet Ihr doch sagen, oder?"

Die Menge wich entsetzt zurück. Allein die Erwähnung des Teufels schien die Männer zu ängstigen.

„Ja!", brüllte Wolfram zurück. „Ihr erhebt Euch über Gott, Ihr wollt ihn mit diesem Turm übertrumpfen!"

Julian wechselte einen raschen Blick mit Leon und Kim. Sie zwinkerten ihm zu.

Klarer Fall, dachte Julian, dieser Mann ist wirklich verdammt verdächtig.

„Und deswegen sind die Pläne verbrannt!", geiferte Wolfram. „Der Allmächtige hat dafür gesorgt, dass sie zerstört wurden!"

„Ja, oder gar der Teufel!", ergänzte der kleine Dicke giftig und spuckte aus.

„Psst!", kam es von allen Seiten.

„Lasst euch von diesem weibischen, dummen Geschwätz nicht verrückt machen!", polterte Ulrich. „Geht wieder an die Arbeit! Ihr werdet sehen, unser Kirchenbau ist in Gottes Hand. Habt Vertrauen!"

Gespannt schaute Julian in die Runde. Da machte der Mörtelmischer den ersten Schritt. Er drehte sich um und ging wieder zu seiner Speishaue. Andere folgten ihm, sogar der kleine Dicke. Als Letzter wandte sich der Steinmetz ab.

„Halt, Ihr nicht!", rief der Baumeister so laut, dass es alle hören konnten. „Ihr, Wolfram, werdet nicht mehr an Eure Arbeit gehen. Ich entlasse Euch, weil ich kein Vertrauen mehr in Euch habe!"

Nun waren wieder alle Blicke auf Ulrich gerichtet.

Wolfram war wie vom Donner gerührt. „Was?", sagte er ungläubig.

„Weg mit Euch!", bestätigte der Baumeister. „Verschwindet!"

Der Steinmetz deutete mit dem Zeigefinger auf Ulrich. „Das werdet Ihr noch bitter bereuen!", bellte er zitternd vor Wut. „Ich verfluche Euch und diesen Bau!"

„Es reicht", kanzelte der Baumeister ihn ab. „Geht jetzt. Ihr habt genug geschwätzt!"

Der Steinmetz verzog sich schimpfend.

Julian nahm Kim und Leon beiseite. „Bestimmt steckt Wolfram hinter den Briefen. Und jetzt hat er noch einen Grund mehr, gegen Ulrich vorzugehen. Wir müssen auf der Hut sein."

„Allerdings", stimmte Kim zu. „Aber nun ist er ja erst mal weg."

„He, was habt ihr da zu tuscheln?", fragte Ulrich lachend. Offensichtlich hatte er seinen Humor wiederge-funden. „Kommt, auch ihr müsst wieder an die Arbeit gehen! Sonst macht ihr einen schlechten Eindruck! Und du, Matthäus, kannst ihnen helfen."

„Was, ich soll auch ins Tretrad?"

„Klar!", rief sein Vater. „Aber vorher darfst du dich noch stärken. Du hast doch sicher Hunger, oder? In der Bauhütte findest du Brot und Wurst."

So vergingen einige Stunden. Auf der Baustelle war wie-der Normalität eingekehrt. So schien es zumindest. Wäh-rend er im Tretrad stand, behielt Julian seine Umgebung im Auge. Und dabei bemerkte er, dass einige Arbeiter immer wieder heimlich miteinander flüsterten. Der Junge ahnte, dass die verbrannten Pläne keineswegs schon ver-gessen waren. Auch der Rausschmiss von Wolfram dürfte noch ein Thema sein, vermutete er.

Ulrich lief von Handwerker zu Handwerker, von Tage-löhner zu Tagelöhner. Er schien überall gleichzeitig sein zu wollen. Julian hörte ihn lachen und scherzen. Der Baumeister feuerte seine Männer lautstark an und war sichtlich bemüht, gute Stimmung zu verbreiten.

Alles blieb ruhig, jeder ging seiner Arbeit nach, nichts Unvorhergesehenes geschah – bis kurz vor Feierabend.

Ein Schrei gellte über die Baustelle, lang anhaltend und voller Panik.

„Herr im Himmel – was war das?", rief Matthäus.

„Das kam vom Chor!", erwiderte Julian und sprang aus dem Tretrad. Zusammen mit den anderen rannte er zum östlichen Teil des Münsters. Dort stand in einem schattigen Winkel zwischen dem Chor und einer Bauhütte ein hagerer Tagelöhner.

„Da-da-da", stotterte der leichenblasse Mann und deutete zum Chor hinauf.

Julian blickte in die Richtung, in die der Mann zeigte und erstarrte. Über das unterste Bild des Fensters der fünf Freuden Mariens waren die blutroten Ziffern 666 geschmiert worden.

Jetzt stürmten auch der Baumeister und mehrere andere Männer heran.

„Was ist hier los?", verlangte Ulrich zu wissen.

„Dreimal die Sechs", sagte Matthäus verstört und zeigte zum Fenster, „das Zeichen des *Antichristen*!"

Der Tagelöhner nahm seine Mütze ab und bekreuzigte sich. „Ja, der Teufel ist unter uns! Er hat seine Zahl mit Blut gemalt – ausgerechnet auf das Bild, das die Geburt Jesu Christi zeigt."

Durch die Arbeiter ging ein Aufschrei.

„Nur weg hier, die Baustelle ist verflucht, Wolfram hatte Recht!", rief jemand und flüchtete Richtung Westturm. Schon taten es ihm andere nach.

Ulrich schluckte. Hektisch sah er sich um. „Halt!", schrie er dann. „Alle hierbleiben!"

Murrend blieben die Männer stehen, kehrten aber nicht zum Baumeister zurück.

„Dafür muss es eine Erklärung geben!", rief Ulrich.

„Ja!", erklang eine heisere Stimme. „Die gibt es wohl – das Zeichen ist doch eindeutig …"

Zustimmendes Gemurmel wurde laut.

„Nein, nein, nein!", sagte der Baumeister hastig und redete weiter leicht verzweifelt auf seine Leute ein.

„Ob das wirklich Blut ist?", wisperte Julian Kim und Leon zu.

„Weiß nicht …", erwiderte Kim ebenso leise.

„Das sollten wir unbedingt herausfinden", sagte Julian und schaute sich um.

Nein, weder Matthäus noch einer der Erwachsenen schenkte ihnen Beachtung. Alle schauten zu Ulrich, der mit Händen und Füßen versuchte, seine Truppe zu beruhigen.

Julian erklomm einen Quader am Fuß des Chors. Jetzt stand er nur noch einen halben Meter unterhalb der roten Zahl. Schon streckte er seinen rechten Zeigefinger aus, berührte die Farbe und hielt den Finger vor sein Gesicht.

Dieses Zeug sieht Blut wirklich verdammt ähnlich, erkannte der Junge mit leichtem Schaudern. *Teuflisch* ähnlich.

Dann schloss er die Augen und führte die rote Fingerspitze an seine Nase.

Entführung am helllichten Tag

Leon platzte fast vor Neugier. „Und – ist es Blut?"

Julian sprang vom Stein herunter. „Nein, es ist Farbe, schnöde Farbe, Leute. Das soll nur so aussehen wie Blut."

Leon warf einen Blick zu den Handwerkern. Nach wie vor wurde heftig diskutiert. Man übersah die Gefährten – und das war gut so.

„Also wollte jemand Panik machen, die Arbeiter auf der Baustelle weiter verunsichern", sagte er. „Und dieser Jemand dürfte Wolfram gewesen sein. Oder was meint ihr?"

„Wer sonst?", entgegnete Kim, die Kija auf den Arm genommen hatte und sie unter dem Kinn kraulte. Die Katze begann behaglich zu schnurren.

„Wir sollten Ulrich informieren", schlug Leon vor.

Sie bahnten sich einen Weg durch die aufgebrachte Menge.

Ulrich Ensinger redete unverdrossen auf seine Männer ein. Neben ihm stand Matthäus, der die Arme trotzig vor der schmalen Brust verschränkt hatte. Sein Mund war nur noch ein Strich und in seinen Augen schimmerte verzweifelte Entschlossenheit.

Der zierliche Junge machte in diesem Moment großen Eindruck auf Leon. Matthäus wirkte wie jemand, der seinen Vater gegen alle Angriffe dieser Welt verteidigen wollte – auch wenn sie direkt aus der Hölle kommen sollten.

„Es ist kein Blut!", übertönte Julian die Diskussion.

„Was, wieso?", fragte der Tagelöhner, der die Ziffern entdeckt hatte, verdattert.

Julian hielt dem Mann seinen Finger unter die Nase. „Probier!"

„Ne, ne, ne!", wehrte der Tagelöhner ab und bekreuzigte sich wieder.

„Es handelt sich um Farbe, mehr nicht!", rief Julian.

Leon sah, wie der Baumeister erleichtert lächelte.

„Lass sehen", sagte Ulrich und roch an Julians Finger.

„Der Junge hat Recht", verkündete der Baumeister kurz darauf. „Es hat sich nur jemand einen dummen Scherz erlaubt."

„Einen Scherz? Das ist kein Scherz!", beharrte der Tagelöhner.

„Schon gut, schon gut!", beruhigte Ulrich ihn. „Ich selbst werde die Farbe entfernen. Und jetzt machen wir Feierabend. Aber morgen werden wir alle weiterarbeiten und unser Werk zu Ehren Gottes fortführen."

Leon beobachtete die Gesichter der Handwerker. Die

meisten wirkten unschlüssig. Aber dann ging ein zustimmendes Raunen durch die Männer und die Gruppe zerstreute sich.

„Das wäre geschafft", sagte Ulrich Ensinger und atmete hörbar auf. Dann schaute er die Gefährten an. „Danke für eure Unterstützung."

Der nächste Vormittag verlief ruhig. Matthäus war wie üblich in die Lateinschule gegangen und die Gefährten schufteten im Tretrad. Kija hatte sich in Blickweite der Freunde auf ihrem Plätzchen auf dem Steinquader zusammengerollt und blinzelte etwas verschlafen in die Sonne. Ulrich flitzte über die Baustelle und schien erneut überall gleichzeitig sein zu wollen. Wolfram war nicht mehr aufgetaucht und so ging alles seinen Gang.

Leon hatte heute den besten Platz im Tretrad erwischt. Er stand ganz außen und konnte, wenn er sich ein wenig seitlich aus dem Rad herausbeugte, sehen, wie der Ausleger des Krans die schweren Steine oder auch mal eine Trage mit Mörtel nach oben bugsierte.

Im Moment hatte die kleine Mannschaft im Tretrad jedoch eine kurze Pause. Ein Tagelöhner befestigte einen eisernen *Wolf* in der dafür vorgesehenen Aussparung eines Steinquaders, der von den Steinmetzen bereits exakt behauen worden war. Dann gab der Tagelöhner der Truppe im Tretrat ein Zeichen. Leon und die anderen machten sich an die Arbeit. Vom Wolf führte ein dickes

Seil zur Rolle an der Spitze des Auslegers. Das Seil spannte sich, die beiden schwalbenschwanzförmigen Metallspitzen des Wolfs spreizten sich im Stein – und schon hob der schwere Quader ab und schwebte an der Seite des Westturms nach oben.

„Langsam, langsam!", kam ein Kommando hoch oben vom Gerüst, dann folgte ein energisches: „Halt!"

Der Quader baumelte jetzt in luftiger Höhe direkt vor dem Gerüst. Zwei Maurer nahmen den Stein in Empfang, zogen ihn am Seil zu seinem Platz am Turm und fügten ihn dort ein. Dann lösten sie den Wolf.

„Und runter!", erschallte der nächste Befehl.

Auf diese Weise bugsierten die Windenknechte mithilfe der Freunde einen Steinquader nach dem anderen nach oben.

Auf die Dauer war die Arbeit jedoch ziemlich eintönig, und so war Leon froh, als Ulrich das Signal zur halbstündigen Mittagspause gab. Wie üblich steckte er den Gefährten etwas Herzhaftes zum Essen zu.

„Sollen wir Matthäus nicht mal von der Schule abholen?", schlug Leon vor. „Ich würde gern einen Blick in ein mittelalterliches Klassenzimmer werfen."

„Gute Idee, warum nicht?", sagte Kim. „Die Schule ist ja nicht weit entfernt."

Und so schlangen sie Brot und Käse rasch hinunter

und machten sich, begleitet von der hübschen und ausgesprochen ausgeruhten Katze, auf den Weg in die Hafengasse.

Dort herrschte dichtes Gedränge. Kim blieb vor der Werkstatt eines Silberschmieds stehen und spähte durch das offene Fenster hinein.

Leon nutzte die kurze Pause, um eine feiste Frau, die einen Eimer Wasser schleppte, zu fragen, wo genau in der Hafengasse die Schule zu finden war.

Die Frau deutete die überfüllte Gasse hinunter. „Da runter, dann auf der linken Seite."

„Vielen Dank", rief Leon und zupfte Kim am Ärmel. „Komm, unsere Mittagspause ist schließlich gleich vorbei!"

Sie quetschten sich an entgegenkommenden Gespannen vorbei, wichen Pferdeäpfeln und Pfützen aus, wurden Zeugen eines lautstarken Streits zwischen einer kratzbürstigen, keifenden Salbenverkäuferin und einem rotgesichtigen Kunden und gelangten immer weiter in die Hafengasse hinein.

Plötzlich ragte eine kleine, winkende Hand aus der wogenden Menschenmasse. Dann tauchte für einen Moment ein schmales Gesicht auf.

„Das ist Matthäus!", rief Leon und winkte zurück.

„Tja, dann müssen wir unseren Schulbesuch auf morgen verschieben", sagte Kim lachend. „Matthäus hat wohl schon Schluss!"

Leon drückte sich in eine Häusernische und ließ einen grimmig dreinschauenden Mann vorbei, der einen Esel vor sich hertrieb.

Der Sohn des Baumeisters war jetzt vielleicht noch fünfzig Meter von ihnen entfernt und Leon überlegte, ob sie einfach auf ihn warten sollten. Das Gedränge ging ihm zunehmend auf die Nerven, zumal er das Gefühl hatte, gegen den Strom zu schwimmen.

Er wandte sich zu seinen Freunden um. „Er kommt uns entgegen, wir können hier stehen bleiben."

Dann schaute er wieder nach vorn.

Wo war Matthäus geblieben?

Leon sah wieder die kleine, winkende Hand, die hinter dem Rücken eines Lasttieres hervorragte.

Doch plötzlich war da noch eine andere Hand. Sie schien direkt aus dem Haus zu kommen, an dem Matthäus gerade vorbeiging. Die fremde Hand packte zu, griff Matthäus am Arm und zerrte ihn zur Seite. Alles ging blitzschnell, es ertönte noch nicht einmal ein Schrei. Dann war Matthäus verschwunden.

„Oh nein!", entfuhr es Leon. Schon rannte er los. Ohne Rücksicht kämpfte er sich vorwärts. Er setzte Ellbogen und Schultern ein. Dennoch kamen er und seine Freunde nur mühsam und äußerst langsam voran.

Völlig außer Atem gelangten die Kinder schließlich zu der Stelle, an der Matthäus gerade noch gewesen war.

Nichts.

Leon wirbelte herum. Der Junge konnte sich doch nicht in Luft aufgelöst haben!

Eine Gasse, kaum zwei Meter breit, düster und wenig einladend, tat sich vor ihm auf.

Da kam Leon ein schlimmer Verdacht. „Matthäus ist entführt worden", sagte er mit bebender Stimme. „Der Täter hat ihn wahrscheinlich in diese Gasse gezerrt!"

Die Gasse schien verlassen zu sein. Wohin hatte der Täter den Sohn des Baumeisters verschleppt? Und warum hatte niemand Matthäus geholfen?

Leon preschte in das winzige Sträßchen. Kim, Julian und Kija folgten ihm.

Doch sie fanden keine Spur des Jungen. Matthäus war und blieb verschwunden.

„Wir müssen ihn irgendwie finden!", rief Kim wütend und zugleich verzweifelt.

„Ja, und deshalb müssen wir zurück zur Baustelle, um Ulrich Ensinger zu alarmieren, damit diesem verrückten Entführer das Handwerk gelegt wird!", ergänzte Julian.

Nur wenig später standen sie schnaufend vor dem Baumeister. Als er den Bericht der Freunde hörte, traten Tränen in seine Augen. Er ballte die Fäuste.

„Dieser Schuft!", schrie er. „Er hat meinen Sohn entführt."

Dann jagte er einen Tagelöhner los, damit dieser die Stadtwachen alarmierte.

Kurz darauf begannen die Wachen, Ulm in Zweiertrupps zu durchkämmen.

„Ich muss heim und Magda Bescheid geben", sagte Ulrich bedrückt.

Die Freunde begleiteten den Baumeister zu seinem schönen Haus.

Neben der Tür entdeckte Leon etwas, was ihm das Blut in den Adern gefrieren ließ. An einem Nagel, dessen Kopf aus dem Gebälk ragte, hing eine Schriftrolle.

Leon schloss die Augen. Der Albtraum ging weiter. Das roch förmlich nach dem verrückten Erpresser.

Leon pflückte die Nachricht vom Nagel. Dann rollte er das Schriftstück auf und las laut vor:

„Ich habe deinen Sohn, Ulrich. Er ist in meiner Hand. Nun liegt es an dir, ob sein Licht des Lebens erlischt. Wenn du ihn liebst, wirst du zwei Dinge tun: Du wirst den Turmbau stoppen und von deinem Plan abschwören. Und du wirst morgen Früh öffentlich deinen Rücktritt als Baumeister erklären. Ich werde immer in der Nähe sein und genau hören, was du sagst."

Dann folgte wieder ein Zitat aus der Bibel.

Leon ließ das Pergamentstück sinken. „Wie furchtbar", sagte er leise.

Ulrich nahm ihm den Brief kommentarlos aus der Hand und ging ins Haus.

In der Küche rührte Magda in zwei Töpfen gleichzeitig. Am Tisch saß der Mönch Jakob.

„Was ist denn passiert?", fragte Magda, als sie ihren Mann sah. „Großer Gott, es muss etwas Furchtbares sein."

Ulrich nickte. Dann ließ er sich auf einen Stuhl neben Jakob sinken und berichtete stockend, was sich ereignet hatte.

Leon sah, dass für Magda eine Welt zusammenbrach. Sie schlug die Hände vor den Mund, weinte aber nicht. Stumm und gefasst setzte auch sie sich an den Tisch.

Es war schließlich Jakob, der das Wort ergriff. „Habt Vertrauen in die Macht Gottes", sagte er mit seiner ruhigen, wohlklingenden Stimme. „Mögen die Wege des Herrn auch manchmal schwer nachzuvollziehen sein, so führen sie doch immer zum richtigen Ziel. Matthäus wird wieder auftauchen, da bin ich mir ganz sicher."

Leon, der mit seinen Freunden an der Tür stand, fragte sich, woher der Mönch diese Überzeugung nahm. Aber die Worte verfehlten ihre tröstende Wirkung nicht, zumal Jakob seine Hand auf die von Magda legte.

Matthäus' Mutter seufzte auf. „Du musst mit dem Turmbau aufhören", verlangte sie von ihrem Mann. „Das Leben unseres Jungen ist in Gefahr."

Ulrichs Stirn war von tiefen Furchen durchzogen. „Selbstverständlich werde ich alles tun, damit Matthäus wohlbehalten zu uns zurückkehrt", versicherte er. „Aber wenn ich nicht mehr als Baumeister arbeiten kann, haben wir auch kein Einkommen mehr, vergiss das nicht."

Magda ließ ihre flache Hand auf den Tisch knallen. „Das ist mir egal! Ich will meinen Matthäus zurück. Dann sehen wir weiter. Wir haben gesunde Hände und kluge Köpfe. Uns fällt schon etwas ein."

„Und ihr habt Gottes Segen, weil ihr rechtschaffende Menschen seid", fügte Jakob hinzu.

„Ja, doch noch haben wir etwas Zeit", sagte Ulrich. „Der Täter verlangt, dass ich morgen meine Arbeit niederlege und vom Turmbau abschwöre. Die Zeit bis dahin sollten wir nutzen, um Matthäus zu suchen. Vielleicht wendet sich ja doch noch alles zum Guten, ohne dass ich meine Arbeit verliere."

„Nun gut." Magda war einverstanden. „Dann hoffen wir, dass die Wachen Erfolg haben." Sie schaute zum Herd. „Hat jemand Hunger?"

Doch niemand dachte jetzt an Essen.

Die nächsten zwei Stunden verbrachten sie mit verschiedenen Vermutungen und Überlegungen. Dann kehrte Stille ein.

„Nun, dann gehen wir wohl zurück zur Baustelle", sagte Leon schließlich.

Ulrich nickte ihm kurz zu.

„Du willst doch jetzt nicht wirklich in dieses blöde Tretrad, oder?", sagte Kim zu Leon, sobald sie wieder in der Krongasse standen.

„Natürlich nicht", erwiderte Leon. „Ich bin dafür, dass wir diesen Wolfram suchen. Auf der Baustelle wird man wissen, wo er wohnt."

„Gute Idee!", rief Julian. „Vielleicht hält Wolfram unseren Freund irgendwo gefangen."

Auf der Münsterbaustelle brauchten sie nicht lange zu fragen. Der Schmied wusste, dass Wolfram am *Schweinmarkt* wohnte und erklärte ihnen den Weg.

Die Gefährten hielten sich in südwestlicher Richtung, überquerten den Weinhof und dann eine einfache Holzbrücke, die sich über das Flüsschen *Blau* spannte.

Am Schweinmarkt standen die Fachwerkhäuser dicht gedrängt. Sie waren nicht ganz so prächtig wie die Häuser am Weinhof, aber zumeist gut in Schuss. Einige standen direkt am Wasser und hatten kleine Anlegestellen. Zudem gab es noch mehrere andere Brückchen über die Blau – die Szenerie erinnerte Leon ein ganz klein wenig an Venedig.

Von einem Fischer, der ein prall gefülltes Netz geschultert hatte, erfuhr Leon, wo genau Wolfram zu Hause war. Kija himmelte das volle Netz an, aber der Fischer dachte offensichtlich gar nicht daran, ihr einen Fisch zu schenken.

Keine zwei Minuten später klopfte Leon an die Tür des unscheinbaren, zweigeschossigen Hauses, in dem Wolfram wohnen sollte, aber niemand öffnete.

War Matthäus hier versteckt? Wartete er verzweifelt auf seine Rettung? Aber wie sollten sie hineinkommen?

In diesem Moment erschien ein zerzauster Kopf in einem Fenster des Nachbarhauses. Es war eine Frau mittleren Alters, die Nadel und Faden in der Hand hatte.

„Wisst Ihr, wo wir Wolfram finden können? Wir haben eine Nachricht für ihn", sagte Leon unbekümmert.

„Wolfram? Der ist nicht zu Hause", sagte die Frau und rümpfte die Nase. „Der hockt im Wirtshaus. Hab ihn da vorhin reingehen sehen, als ich vom Markt kam. Im Wirtshaus – und das am helllichten Tag!"

„Sicher könnt Ihr uns sagen, in welchem Wirtshaus er hockt", fragte Leon freundlich nach.

„Im Gasthaus zur Linde. Nächste Gasse rechts. Könnt ihr gar nicht verfehlen."

„Danke!", rief Leon und winkte der Frau zu.

Diese zog ruckartig ihren Kopf zurück und knallte das Fenster zu.

Das Gasthaus zur Linde war eine bescheidene Wirtschaft, die direkt an der Blau lag. Über der Tür hing ein Holzschild, das quietschend im lauen Wind hin und her schwang.

„Sollen wir reingehen?", fragte Kim unschlüssig. „Wir haben kein Geld, um etwas zu bestellen. Man wird uns rausschmeißen, fürchte ich."

„Vielleicht müssen wir das ja gar nicht", sagte Leon,

trat zu einem der beiden offen stehenden Fenster und spähte hinein.

Eine deftige Mischung aus Gebratenem, Kohl und Bier hing unter der rußgeschwärzten Decke. An den grob zusammengezimmerten Tischen saßen einige Männer, zechten und spielten Karten. Hinter dem Tresen thronte ein enorm fetter Glatzkopf, der mit halb geschlossenen Augen vor sich hin döste.

„Da ist Wolfram", sagte Leon leise zu seinen Gefährten. „Da, rechts neben dem Tresen."

„Ja, ich sehe ihn", bestätigte Kim.

„Psst", machte Leon. „Lasst uns am besten ein wenig lauschen!"

„Ha, am Ende is' er!", krakeelte Wolfram gerade. Der Steinmetz drehte den Freunden den Rücken zu und redete auf einen anderen Mann mit Vollbart ein, der gelangweilt vor seinem Bierkrug saß.

„Ja, ja", sagte dieser jetzt.

„Der höchs'e Turm der Welt, so ein … so ein …" Wolfram suchte nach Worten – und Leon fiel auf, dass der Steinmetz ziemlich lallte.

„Ich glaube, der ist total beschwipst!", sagte Leon und grinste.

„So ein … Ssswachsinn", vollendete Wolfram mühsam den Satz und nahm einen langen Schluck aus seinem Bierkrug. „Baumeis'er Ulrich is' am Ende, er is' geseitert. Und weissu was? Geschieht ihm recht."

„Ja, ja?", machte sein Gegenüber wieder, diesmal leicht fragend.

„Jawoll!", brüllte Wolfram. „Weil er ein verfluchter Gottesläs'erer is'! Sein Turm is' am Ende – und er isses auch!"

„Ja, ja", kam es von dem anderen Mann.

„Wirt, noch mal dasselbe!", rief Wolfram und winkte dem Dicken hinterm Tresen zu, in den nun Bewegung kam.

„Wolfram steckt hinter der Entführung, das wird doch immer offensichtlicher", flüsterte Leon seinen Freunden zu.

„Achtung, der Wirt geht zum Fenster", wisperte Julian und duckte sich.

„Wir sollten uns verkrümeln und Ulrich von unserem Verdacht berichten", schlug Leon vor. „Vielleicht hat Wolfram Matthäus in seinem Haus versteckt. Wir können das Haus nicht durchsuchen lassen – aber Ulrich ist dazu bestimmt in der Lage."

„Okay, dann schnell zurück zu den Ensingers!", zischte Kim.

Schon machten sich die Gefährten auf den Rückweg. Kija sprang aufgeregt um die Beine ihrer Freunde herum.

„Vielleicht will Wolfram Ulrich schaden, um an seinen Job zu kommen", überlegte Leon unterwegs laut. „Denn wenn Ulrich als Baumeister aufgibt, wird man einen neuen bestimmen müssen. Mich würde es nicht überraschen, wenn Wolfram sich dazu berufen fühlt. Schließlich verdient man in dieser Position bestimmt eine Menge Geld."

„Dann würde Wolfram also nicht aus übertriebener Religiosität handeln, sondern aus reiner Gier nach Ansehen und Geld", führte Julian den Gedanken weiter. „Auch das wäre ein starkes Motiv."

„Gleichwie, Jungs, dieser Wolfram ist höchst verdächtig. Es wird Zeit, dass man ihm mal auf den Zahn fühlt!", rief Kim.

Doch Ulrich und Magda Ensinger waren nicht zu Hause. Die Freunde beschlossen, auf sie zu warten.

Nach einer Stunde erschienen die beiden endlich.

„Wir haben keine Spur von Matthäus finden können", sagte Ulrich niedergeschlagen.

„Auch die Wachen hatten keinen Erfolg", ergänzte Magda schwer atmend.

„Ich werde morgen Früh die Bedingungen des Entführers erfüllen", sagte Ulrich, während er den Haustürschlüssel hervorzog. „Ich werde mein Amt niederlegen und den Turmbau für gescheitert erklären, um Matthäus zu retten. Sonst stößt unserem Jungen noch etwas zu …"

Das verfallene Haus

Die Freunde betraten hinter den Ensingers das Haus und folgten ihnen in die Küche.

„Wir haben Euch etwas zu sagen", begann Leon. „Etwas, das uns vielleicht zu Matthäus führt!"

Ulrich und Magda Ensinger durchbohrten die Freunde fast mit ihren Blicken.

„Redet, was ist es?", drängten sie.

Und so berichteten die Gefährten von ihren Ermittlungen. Kija hockte mitten auf dem Küchentisch und leckte ihr Fell.

„Was – Wolfram?", entfuhr es Ulrich. „Auf ihn wäre ich nie im Leben gekommen. Er ist ein gottesfürchtiger Mensch!"

„Ja, eben!", rief Kim. „Denkt doch nur an die Schreiben, die wir gefunden haben! In jedem stand ein Spruch aus dem Alten Testament."

„Wie wahr …", sagte Magda und bekreuzigte sich.

Ulrich nickte. „Das öffnet mir die Augen. Alles passt zusammen. Ihr habt Recht, Wolfram wird hinter allem stecken!"

„Komm, Ulrich, den Mistkerl knöpfen wir uns vor!",
sagte Magda entschlossen und griff nach einer großen,
schweren Suppenkelle.

„Wie bitte?"

„Ja, was stehst du da noch rum? Ich hole jetzt meinen
kleinen Matthäus!", rief Magda. Ihr Gesicht überzog eine
gefährliche Röte.

„Wäre das nicht eher etwas für die Wachen?", überlegte Ulrich laut.

Doch seine Frau war schon an der Tür. „Warte du von
mir aus auf die Wachen. Ich schnappe mir Wolfram. Und
wehe dem, der versuchen sollte, mich aufzuhalten."

„Warte, ich komme ja schon!", rief Ulrich rasch und
eilte Magda hinterher.

„Jetzt wird's interessant!", sagte Kim und folgte den
Ensingers zusammen mit Leon, Julian und Kija.

In beachtlichem Tempo stürmte Magda, die Suppenkelle fest in der Hand, zum Schweinmarkt.

Doch der Steinmetz hatte das Gasthaus inzwischen
verlassen. Unter Magdas Führung gelangten sie zu Wolframs Haus.

Magda donnerte mit der Faust an die Tür, die im Rahmen erbebte. „Wolfram, macht auf, wir haben mit Euch
zu reden!", brüllte sie.

Kurz darauf wurde die Tür einen Spalt geöffnet und
Wolframs Kopf erschien. Sein Gesicht war zerknittert. Er
sah aus, als wäre er gerade aufgestanden.

„Nich' so laut!", bat er mit zugekniffenen Augen.

Magda zerrte ihn auf die Straße.

„He, was soll das?", fragte der Steinmetz verdattert.

„Wo ist Matthäus?", blaffte Magda.

„Wie, was, wo?", jammerte Wolfram. „Und nich' so laut!"

„Der Kerl riecht wie ein leckes Bierfass!", schimpfte Magda angewidert und schüttelte den Steinmetz wie einen mit reifen Äpfeln schwer beladenen Baum.

„Aua, mein Kopf", jammerte Wolfram und schaute Hilfe suchend zum Baumeister. „Bitte, sagt ihr, dass sie aufhören soll."

„Nein!", sagte Ulrich hart.

„Richtig, wenn Ihr nicht die Wahrheit sagt, dann gnade Euch Gott!", giftete Magda und hob drohend die Suppenkelle. „Wo ist Matthäus?"

Als der Steinmetz sie nur leer und blöd anglotzte, schubste Magda ihn verächtlich beiseite, sodass er auf den Hintern fiel, und rauschte ins Haus.

Kija miaute – in den Ohren der Freunde klang es wie ein Lachen.

„He, das dürft Ihr nich' so einfach …", beschwerte sich der Steinmetz lahm und rappelte sich auf.

Doch diesen Einwand hörte Magda schon nicht mehr. Selbstverständlich folgten die Gefährten ihr. Gemeinsam mit Magda und Ulrich durchsuchten sie jeden Winkel der bescheidenen Unterkunft – ohne Erfolg.

Wolfram hatte es inzwischen geschafft, sein Heim zu betreten und sich auf den einzigen Stuhl in der Wohn-küche fallen zu lassen.

„Sach ich doch", lallte er mit glasigen Augen. „Kein Matthäus ..." Er lachte dümmlich.

Magda machte einen Schritt auf ihn zu. „Macht Euch nicht über uns lustig!"

„Nein, um Gottes willen, nein!", rief Wolfram und hob abwehrend die Arme.

„Das will ich Euch auch geraten haben", zischte Magda und stampfte aus dem Haus.

„Wir können ihm nichts beweisen", sagte Kim, als sie wenig später in der Küche der Ensingers saßen.

„So ist es", bestätigte Ulrich düster. „Aber vielleicht hat er Matthäus woanders versteckt."

„Vielleicht, vielleicht, vielleicht – das bringt uns nicht weiter", sagte Magda verzweifelt.

Ulrich seufzte laut. „Dann werde ich also morgen das tun, was der elende Erpresser verlangt."

Magda legte ihm eine Hand auf die Schulter. „Ja, eine andere Möglichkeit haben wir wohl nicht. Es tut mir so leid für dich ..."

Ulrich sah sie fest an. „Nichts ist wichtiger als das Leben von Matthäus. Ich werde woanders eine neue Ar-beit finden. An einer anderen Kirche, in einer anderen Stadt – und dann fangen wir noch mal von vorne an."

Seine Frau nickte stumm.

Für einen Moment herrschte eine bedrückende Stille.

„Ich würde gerne noch mal nach Matthäus suchen", sagte Julian unvermittelt.

Magda bedachte ihn mit einem nachsichtigen Lächeln. „Das ehrt dich, aber wenn schon die Wachen ihn nicht gefunden haben …"

„Dennoch", beharrte Julian, „ich kann nicht einfach herumsitzen und nichts tun."

„Ich auch nicht", stimmte Kim ihm zu.

„Und ich schon gar nicht", kam es von Leon.

Kija streckte ihren grazilen Körper und gähnte.

„Ja, ja, geht nur", sagte Ulrich geistesabwesend.

„Wo sollen wir anfangen?", fragte Leon, sobald sie in der Gasse vor dem Haus standen. „Ulm ist ganz schön groß und unübersichtlich."

Julian hob die Schultern. „Weiß nicht", gab er zu.

Die Freunde begannen sich zu beratschlagen.

„Irgendwie wundert es mich, dass wir überhaupt keinen Hinweis bei Wolfram gefunden haben", sagte Julian.

„Willst du damit sagen, dass er vielleicht doch nichts mit der Entführung zu tun hat?", fragte Kim.

„Ich bin mir inzwischen nicht mehr sicher", sagte Julian. „Natürlich bleibt Wolfram verdächtig. Er hat schließlich ein Motiv und es deutet wirklich alles darauf hin, dass er der Täter ist. Aber dennoch wirkte er vorhin auf mich, als wäre er …"

112

„... unschuldig?", vollendete Leon den Satz. „Wolltest du das sagen?"

Julian hob erneut die Schultern und ließ sie wieder fallen. „Kann ein Betrunkener so glaubwürdig schauspielern? Wolfram wirkte völlig überrascht, als Magda ihn mit ihren Vorwürfen konfrontierte."

Kija schaute von einem zum anderen. Dann maunzte sie ungeduldig und lief in Richtung Münster.

„Ich glaube, wir sollen aufhören zu labern", sagte Kim und lachte. „Außerdem sieht es so aus, als hätte Kija eine Idee."

Sie sausten der Katze hinterher.

Kija glitt geschickt durch die Gassen und führte die Freunde zu der inzwischen verwaisten Baustelle.

„Was sollen wir denn hier?", überlegte Julian laut.

Aber Kija war bereits weitergeflitzt. Hinter dem Münster bog sie rechts in die Hafengasse ein, in der Matthäus' Schule lag. Immer noch herrschte hier dichtes Gedränge.

„Nicht so schnell!", rief Kim, und tatsächlich blieb Kija kurz stehen, um sich nach den Gefährten umzudrehen.

Ein aufforderndes Miauen ertönte, dann ging es zügig voran.

„Sie will zum Tatort", dämmerte es Kim. „In die Gasse, in der Matthäus verschwand."

„Dort werden die Wachen sicher auch schon nachgesehen und alles genau abgesucht haben", bemerkte Leon zweifelnd.

„Lassen wir uns überraschen", gab Kim zurück.

Die Katze schlüpfte in die schmuddelige, menschenleere Gasse und machte vor einem halb verfallenen Haus halt.

„Wirklich sehr einladend", kommentierte Julian. „Und jetzt?"

Kija gab die Antwort. Sie steckte ihre kleine, rechte Tatze in den schmalen Spalt zwischen der vermoderten Tür und dem windschiefen Rahmen, ruckelte und zerrte ein wenig und war plötzlich im Haus verschwunden.

Kim warf einen Blick über die Schulter. „Die Luft ist rein, wir können ihr folgen."

Zuerst Kim, dann Leon und schließlich Julian schlüpften in das heruntergekommene Gebäude. Dann zogen sie die Tür hinter sich zu.

In dem düsteren Flur stank es nach Mäuseködeln und Schimmelpilz.

„Hier wohnt doch niemand, die Aktion ist sinnlos", beklagte sich Julian.

„Abwarten", erwiderte Leon, „eine solche Bruchbude kann ein gutes Versteck sein."

Auf Zehenspitzen schlichen sie weiter.

„Kija?", fragte Kim leise.

Ein Miauen war zu hören.

Kim war überzeugt, dass es von rechts gekommen

war. Aus dem Halbdunkel schälten sich die Umrisse einer weiteren Tür hervor. Kim drückte dagegen und die Tür schwang mit einem unwilligen Knarren auf. Etwas Tageslicht rieselte durch einen nur halb geschlossenen Schlagladen in den Raum.

Die Freunde blickten sich um. Der Raum war etwa dreißig Quadratmeter groß und, sah man einmal von einer hohen Truhe ohne Deckel ab, leer. Überall lag Staub. Spinnen hatten ihre Netze in alle Ecken gewebt und schienen, außer den Mäusen, die einzigen Bewohner des Hauses zu sein.

„Hier ist niemand, das ist ja wohl sonnenklar", sagte Julian. „Sollen wir nicht lieber die Biege machen?"

„Da ist eine weitere Tür", entgegnete Leon. „Also ist da noch ein Raum. Den sollten wir ebenfalls unter die Lupe nehmen. Dann können wir uns von mir aus verdünnisieren. Seht nur, Kija will auch da rein. Kommt, wir ..."

„Klappe halten", zischte Julian in diesem Augenblick. „Habt ihr das auch gehört?"

Leon und Kim blickten ihn verständnislos an. Sie lauschten konzentriert.

Da! Ein schräges Pfeifen hallte durch die Gasse. Es wurde rasch lauter.

„Jemand kommt auf das Haus zu", sagte Julian.

„Hoffentlich geht er einfach vorbei", flüsterte Leon.

Julian sprang zum Schlagladen und spähte durch einen Spalt auf die Gasse. Was er dort sah, ließ ihn erschaudern. Eine Gestalt war nur noch wenige Meter vom Haus entfernt. Und diese Gestalt ging leicht gebückt, sodass die Kapuze ihres langen dunklen Umhangs ihr ins Gesicht fiel und es unkenntlich machte.

Der Erpresser!, durchfuhr es Julian. So hatte der unheimliche Mann ausgesehen, der ihm in der Nähe des Münsters aufgelauert hatte, als er Ensingers Zirkel hatte holen sollen! Steckte Wolfram unter der Kapuze?

„Was ist?", hauchte Kim.

„Keine Zeit für Erklärungen!", zischte Julian. „Wir müssen uns verstecken! Los, schnell!"

„Aber wo?"

„Hinter der Truhe, wo denn sonst?", wisperte Julian und ging dort in Deckung.

Leon, Kim und Kija hockten sich neben ihn.

Eine Tür quietschte. Schritte dröhnten über den Boden. Dann wurde eine zweite Tür geöffnet – die Tür zu dem Raum, in dem sich die Freunde verbargen.

Dicht aneinandergedrängt wagten die drei Gefährten kaum zu atmen.

Die Schritte kamen direkt auf sie zu, dann folgte ein leises Ächzen, als würde eine weitere, unwillige Tür aufgemacht. Noch mal Schritte, ein Poltern, kurz und abgehackt, als wäre etwas zugefallen. Dann herrschte Stille.

Nach zwei Minuten bangen Wartens trauten sich die Freunde aus ihrem Versteck.

Julian orientierte sich sofort Richtung Ausgang, aber Kija hatte anderes im Sinn. Sie lief zur Tür des Nachbarzimmers, und ehe die Gefährten eingreifen konnten, war die Katze darin verschwunden.

Julian, Kim und Leon warfen sich unschlüssige Blicke zu. Dann war es Kim, in die als Erste Bewegung kam. Langsam, ganz langsam ging sie zum angrenzenden Raum und lugte hinein.

Das Zimmer war ebenso staubig und – das war die eigentliche Überraschung – leer. Von der vermummten Gestalt war nichts zu sehen. Jedoch hatte das Zimmer ein Fenster, dessen Schlagladen ebenfalls halb geöffnet war.

War die Gestalt vielleicht dort hinausgeschlüpft?, überlegte Kim. Aber was machte das für einen Sinn?

Da fiel Kims Blick auf Kija, die vor einer mit einem Holzdeckel verschlossenen Luke im Boden hockte und sie ungeduldig ansah.

Die rechte Hand Gottes

Kim kniete sich neben die Katze.

„Du meinst, der Kerl ist da runter?", flüsterte sie.

Kija kratzte mit ihren Krallen über den Deckel.

Das Mädchen wandte sich zu Leon und Julian um. „Was meint ihr?"

Leon nickte. „Nachschauen, oder?"

„Sollen wir nicht lieber die Wachen holen?", warf Julian ein.

„Besser nicht", antwortete Kim. „Bis wir zurück sind, ist der Kerl vielleicht über alle Berge."

„Und wenn er uns da unten auflauert?"

Kim dachte nach. Das hielt sie für nicht sehr wahrscheinlich. Schließlich wusste der Unbekannte ja gar nicht, dass die Gefährten im Haus waren.

Kurzentschlossen packte sie den Eisenring am Rand der Luke und zog daran. Der Holzdeckel ließ sich ohne Weiteres anheben und zur Seite legen. Nun blickten die Freunde in ein quadratisches, finsteres Loch. Die erste Sprosse einer Holzleiter war zu sehen, die in die Dunkelheit führte.

„Wollt ihr wirklich da runter?", fragte Julian zweifelnd.

„Ja", erwiderte Kim knapp und begann, so leise wie möglich hinabzusteigen.

Kija, Leon und schließlich auch Julian folgten ihr.

Es waren nur fünf Sprossen, dann war Kim schon unten. Von irgendwoher fiel etwas Licht in den engen kalten Stollen, in dem sich die Gefährten und die Katze nun befanden.

Kim versuchte sich zu orientieren, während sie vorsichtig vorwärtsging. Rechts und links des Ganges gab es mehrere Verschläge. Soweit Kim das erkennen konnte, waren sie leer. Aber das Mädchen war sich keineswegs sicher.

Kim stoppte. Lauerte Wolfram, oder wer immer es war, doch hier unten, wie Julian befürchtet hatte? Tappten die Gefährten blind in eine Falle? Womöglich war der Täter gar nicht allein, sondern der Kopf einer Bande. Vermutlich würde niemand sie hören, wenn sie um Hilfe schrien …

Ihre Nackenhaare stellten sich auf.

Da spürte sie Kija an ihren Beinen, und das gab ihr neuen Mut. Kim lief weiter.

Der Lichtschein wurde kräftiger. Keine Frage, hier unten war jemand – nur wer?

Wurde Matthäus etwa hier unten gefangen gehalten, irgendwo in einem kalten Loch?

Plötzlich hörte Kim ein Bollern. Es klang, als würde jemand vor eine Tür schlagen.

Dann folgte ein ärgerliches Murmeln.

Kim tastete sich einen Meter weiter vor. Jetzt war sie nur noch wenige Schritte von einem weiteren Gang entfernt. Und aus diesem Gang kamen das Licht und auch die Geräusche.

Nun hatte Kim die Abzweigung erreicht und spähte um die Ecke.

Der verhüllte Unbekannte stand vor einer Tür. Er hatte einen Krug und eine Kerze in den Händen. Kim wollte sich schon lautlos wieder zurückziehen, doch in diesem Moment fuhr der Unbekannte herum und entdeckte sie.

Kims Kinnlade klappte herunter: Ihr gegenüber stand der Mönch Jakob!

„Was hast du hier verloren?", zischte der Mönch.

Hinter Kim tauchten jetzt Leon, Julian und Kija auf.

„Das wird ja immer schöner", sagte Jakob bedrohlich leise.

Kim bekam weiche Knie. Das war doch eigentlich unmöglich …

Nein, war es nicht, korrigierte sie sich, während die Gedanken durch ihren Kopf jagten. Der Täter war ein gottesfürchtiger Mensch, so viel war sicher. Aber das traf nicht nur auf Wolfram zu, nein, das galt ebenso für Jakob, den Mönch!

„Ich warte auf eine Antwort!"

„Äh, wir sind schon auf dem Nachhauseweg", sagte Kim, weil ihr nichts Besseres einfiel.

Da stellte der Mönch den Krug ab und zog einen Dolch unter dem Umhang hervor. „Nein, ihr werdet nicht gehen, sondern schön hierbleiben – und Matthäus Gesellschaft leisten." Jakob deutete auf die Tür, gegen die jetzt wieder von innen heftig gebollert wurde.

„Also habt Ihr den Jungen entführt", sagte Kim, die sich ein wenig gefasst hatte.

„Ja", gab der Mönch unumwunden zu. „Und der Kleine ist genauso ein Träumer wie sein krankhaft ehrgeiziger und selbstverliebter Vater, der den höchsten Kirchturm der Welt bauen will!"

„Ihr habt kein Recht, so über ihn zu urteilen!", entgegnete Kim. „Und er wird diesen Turm bauen. Niemand kann ihn stoppen!"

Jakob lachte heiser. „Das werden wir ja sehen. Vergiss nicht, Matthäus ist in meiner Hand. Und es liegt nur an seinem Vater, ob er die Sonne jemals wiedersieht. Ich werde morgen zur Baustelle kommen und hören, was er zu sagen hat. Und nur wenn er folgsam ist, werde ich Matthäus freilassen."

„Das verstehe ich nicht", sagte Kim. „Was habt Ihr gegen diesen Bau? Es handelt sich doch um ein Haus, das zu Ehren Gottes errichtet wird und in dem sein Name gepriesen werden soll!"

„Nein!", brach es aus Jakob hervor. „Ich bin ein Dominikanermönch und ich weiß, was es heißt, Gott zu dienen und ihn zu preisen. Wir Dominikaner leben in völliger Armut. Wir lehnen jede Form des Besitzes ab. Wir leben in Demut vor dem Herrn und jeder Protz und jeder Prunk ist Sünde für uns – und das gilt auch für Kirchenbauten."

Jakob machte eine kleine Pause, die Kim dazu nutzte, zu Leon und Julian zu schauen. Auch sie wirkten irritiert.

„Der Herr verzeiht keine Prunksucht, er verachtet Eitelkeit und Selbstsucht!", predigte Jakob. „Ein Gotteshaus hat schlicht zu sein. Es muss ein nüchterner Ort sein, der der Besinnung dient und wo man sich auf das Wesentliche konzentriert – nämlich auf Gott. Gold, Edelsteine oder hohe Türme lenken ab und haben nur das Ziel, dem Erbauer ein Denkmal zu setzen. Matthäus' Vater ist verblendet. Er hat den Wunsch, der größte Baumeister aller Zeiten zu sein. Und genau deshalb baut er den Turm. Er will unsterblich werden. Doch das eigentliche Ziel eines Kirchenbaus hat er aus den Augen verloren, weil er eitel und selbstgefällig ist!"

Kim schüttelte den Kopf. Sie konnte es nicht fassen!

„Als ich bei meiner Wanderschaft hörte, dass Ulrich Ensinger dieses gotteslästerliche Werk plant, kam ich sogleich hierher, in meine liebe, alte Heimat Ulm, um es in Augenschein zu nehmen", fuhr Jakob fort. „Und freundlicherweise gab mir der Baumeister ein Zimmer. So war ich immer ganz in seiner Nähe und konnte verfolgen, was er plante ..."

„Und dann habt Ihr beschlossen, den Bau mit allen Mitteln zu stoppen, nicht wahr?", sagte Kim leise.

„So ist es! Es ist meine gottgewollte Bestimmung, den Bau des Münsters zu verhindern, jedenfalls in dieser Form."

Er ist ein religiöser Eiferer, der sich komplett in diesen irrwitzigen Plan verrannt hat, dachte Kim. Jakob geht es nicht um Geld oder Macht, ihm geht es allein um seine Überzeugung.

Kim ahnte, dass ihn genau das besonders gefährlich machte. Sie mussten Matthäus befreien – doch vorerst galt es, Zeit zu gewinnen. Vielleicht gelang es ihnen, den Mönch zu entwaffnen ...

„Das wird Euch nicht gelingen", entgegnete Kim. „Die Bürger von Ulm haben den Bau finanziert, sie wollen die Kirche so, wie sie Ulrich Ensinger plant. Ihr stellt Euch nicht nur gegen seine Familie, sondern gegen ganz Ulm!"

„Das ist nicht wahr!", presste der Mönch hervor. „Ich habe bei meinen Predigten auf den Ulmer Plätzen viele wirklich gottesfürchtige Menschen kennengelernt. Diese haben Gottes Wort richtig verstanden, auch sie leben in Demut und Achtung!"

„Achtung vor Gott und seinem Wort?", fragte Kim spöttisch nach. „Das gilt aber nicht für Euch, Jakob. Ihr habt ein Kind entführt, und das verurteilt der Herr mit Sicherheit."

„Hör auf, mich zu belehren!", zischte Jakob aggressiv. „Ich habe es schließlich erst auf anderen Wegen versucht. Zunächst wollte ich Matthäus die Baupläne entreißen, aber da kamt ihr mir dazwischen!"

Kim lächelte. Oh ja, daran konnte sie sich bestens erinnern!

„Dann habe ich weitere Briefe verfasst, die Ulrich Ensinger auf den rechten Weg bringen sollten und sogar das Zeichen des Satans auf das Chorfenster geschmiert. Aber er hat ja nicht hören wollen."

„Also habt Ihr die Pläne gestohlen und verbrannt", bemerkte Kim trocken.

„Ja, aber nur, weil Ulrich Ensinger mich mit seiner Sturheit dazu gezwungen hat!"

„Zu dumm für Euch, dass der Baumeister die Pläne im Kopf hat …"

„Dumm für mich?", keifte Jakob. „Nein, für Matthäus ist das dumm. Denn er sitzt jetzt hier in diesem dunklen Loch. Dieses Gebäude war früher übrigens mal mein Elternhaus. Aber mein Vater und meine Mutter starben früh und ich wurde noch als Kind in ein Kloster gegeben, wo man mich im Sinne Gottes aufzog. Leider ist das Haus inzwischen verfallen. Aber nun leistet es mir doch gute Dienste – denn Matthäus wird so lange hierbleiben, bis sein törichter Vater seinem Vorhaben abschwört. Und das muss er, wenn ihm am Leben seines Sohnes etwas liegt."

Kims Stimme war fast nur noch ein Flüstern. „Ihr wollt ihn wirklich töten, wenn sein Vater weitermacht?"

„Das steht nicht in meiner Macht. Ich bin nur ein kleiner Diener Gottes, sein Werkzeug sozusagen", sagte Jakob düster. „Ich bin die rechte Hand Gottes, die Hand, die sein *Richtschwert* führt, ich sorge dafür, dass die Gesetze des Herrn beachtet werden. Aber jetzt haben wir genug geplaudert …"

Kim schluckte. Dieser Mann war nicht mehr bei Sinnen! Und jetzt kam er auch noch auf sie zu – in der einen Hand die Kerze, in der anderen den Dolch.

Ein böser Gedanke

„Weg hier!", rief Julian und flitzte los.

Seine Freunde taten es ihm nach.

Doch Jakob reagierte blitzschnell. Schon hatte er die Kerze beiseitegestellt und die Verfolgung aufgenommen. Rasch hatte er Kim eingeholt, die am Schluss lief, und zu Boden gerissen.

„Lass sie los!", schrie Julian wütend und kam Kim mit Leon und Kija zu Hilfe.

Gemeinsam versuchten sie, Kim aus den Klauen des Mönchs zu befreien. Doch die Freunde mussten feststellen, dass Jakob über erstaunliche Kräfte verfügte. Erst schleuderte er Julian den Gang hinunter, dann stieß er Leon grob zurück und schüttelte auch noch Kija ab, die in seinen Nacken gesprungen war. Und bevor Kim sich aufrappeln konnte, war der Mönch wieselflink die Leiter hinaufgehuscht. Als er oben war, wollte er die Leiter hinaufziehen. Doch Leon bekam die unterste Sprosse zu fassen und hängte sich mit seinem ganzen Gewicht daran.

Fluchend ließ Jakob die Leiter los und knallte den Holzdeckel auf die Luke.

Schließlich entfernten sich eilige Schritte.

„Mist, er ist entkommen", sagte Julian. „Seid ihr alle heil geblieben?"

„Alles in Butter", erwiderten Leon und Kim.

„Wenigstens haben wir die Kerze und dank dir, Leon, die Leiter, um hier wieder rauszuklettern. Kommt, lasst uns schnell Matthäus befreien!", rief Julian.

Der Sohn des Baumeisters war wie erwartet in dem Kellerabteil gefangen, vor dem der Mönch gestanden hatte. Es war nicht mehr als ein Bretterverschlag, der mit einem einfachen Riegel von außen verschlossen war.

„Wer ist da?", erklang Matthäus' ängstliche Stimme.

„Wir sind's", erwiderte Julian fröhlich. „Und wir holen dich jetzt da raus!"

Sie brachen den Riegel mit einer alten, halb verrosteten Eisenstange auf, die in einem der anderen Kellerräume herumlag.

Überglücklich sprang ihnen Matthäus entgegen. „Jetzt wird alles gut!", rief er. „Tausend Dank! Aber wie habt ihr mich gefunden? Und wer ist der Entführer?"

Julian sagte es ihm.

Matthäus war vollkommen verblüfft. „Jakob? Das hätte ich nie gedacht …"

„Hast du ihn denn nicht gesehen?", wunderte sich Julian. „Er hat dich doch verschleppt!"

„Er hat mich beiseitegezogen und mir einen Sack über den Kopf gestülpt. Daher habe ich ihn nicht erkannt", erklärte Matthäus. „Dann hat er mich in dieses Haus geschleift und mich hier eingesperrt. Wenigstens hat er mir etwas zu essen gebracht. Aber sein Gesicht habe ich nicht gesehen. Und gesagt hat er auch kein Wort."

Julian nickte. „Ach so … Übrigens hätte ich ebenfalls nie gedacht, dass Jakob der Täter ist – auch wenn im Nachhinein betrachtet alles zusammenpasst."

„Unfassbar, dass er sich sogar in dein Elternhaus eingeschlichen hat, Matthäus", sagte Leon.

Da kam Julian ein böser Gedanke. „Jakob ist noch nicht gestoppt, Leute. Er wird noch weitergehen …"

„Was meinst du damit?", fragte Matthäus.

„Er wird nicht aufhören, sein wahnsinniges Vorhaben zu verfolgen", sagte Julian leise. „Er hat versucht, die Baupläne zu stehlen, dann hat er sie zerstört. Schließlich hat er dich, Matthäus, in seine Hand gebracht, aber auch das führte nicht zum gewünschten Ziel – denn wir haben dich ja jetzt befreit. Doch ich glaube nicht, dass Jakob ein Mensch ist, der aufgibt."

Die anderen schwiegen betroffen.

Gedankenversunken begann Julian, Kijas Rücken zu streicheln. „Es gibt im Moment nur einen Menschen, der den Bau des höchsten Kirchturms der Welt weiter voranbringen kann, nur einen, der die Pläne im Kopf hat: deinen Vater, Matthäus", sagte er gedehnt.

„Ja, na und?", fragte Matthäus unsicher.

„Nun, wenn jemand den Bau verhindern will, dann hat er eigentlich nur noch eine Möglichkeit."

Auf Matthäus' Gesicht zeichnete sich blankes Entsetzen ab. „Du meinst, Jakob wird jetzt meinen Vater angreifen?"

Julian sog hörbar die Luft ein. Er schwieg.

„Oh Gott, wie furchtbar! Mein Vater ist doch völlig ahnungslos, er weiß ja gar nicht, wer in unserem Haus wohnt!", rief Matthäus voller Panik. „Wir müssen schnell hier raus, um ihn zu warnen!"

„Richtig", entgegnete Julian. Ihm war eiskalt vor Angst. „Nichts wie los!"

Sie stürmten die Leiter hinauf, schoben den Deckel der Luke beiseite und rannten aus dem Haus.

Mein ist die Rache

Die vier Kinder und die Katze jagten auf dem kürzesten Weg zu den Ensingers nach Hause und erreichten wenig später völlig außer Atem die Krongasse.

„Matthäus!", schrie Magda überglücklich, als sie ihren Sohn sah. Sie ließ den Teller fallen, den sie gerade in der Hand hatte und schloss Matthäus in ihre Arme. Über ihre Wangen rannen Freudentränen.

„Ich danke Gott, dass du wieder da bist!", stammelte sie immer wieder.

Leon, Kim und Julian hielten sich verlegen im Hintergrund.

Schließlich löste sich Matthäus aus der Umarmung. „Das haben wir nur meinen neuen Freunden zu verdanken!", sagte er feierlich. „Sie haben mich aus dem Keller gerettet."

„Keller?", fragte Magda. „Komm, du musst mir alles erzählen."

„Später", wehrte Matthäus ab. „Wir müssen Vater warnen. Er schwebt in höchster Gefahr. Ist er etwa nicht im Haus?"

131

Magda schüttelte den Kopf. „Nein, er wollte noch einmal zur Baustelle, er hat am Turm etwas liegen gelassen, sagte er. Ein Werkzeug, glaube ich."

„Oh nein!", rief Matthäus bestürzt.

„Wieso droht ihm Gefahr? Ich verstehe überhaupt nichts mehr", sagte Magda verwundert.

„Später", warf Leon ein. „Wir dürfen keine Zeit verlieren. Kommt!"

Und bevor Magda protestieren konnte, waren die Freunde auch schon aus dem Haus gerannt und auf dem Weg zur Münsterbaustelle.

Inzwischen war es längst früher Abend, die Schatten waren zwischen die Häuser gekrochen. Auf der Baustelle tat sich nichts mehr – es war Feierabend. Die Hütten waren verrammelt, kein Handwerker war weit und breit zu sehen.

Dafür machten ganz in der Nähe zwei Männer Musik, oder was sie dafür hielten. Der eine trötete in eine *Hornpfeife*, ein gut ein Meter langes Blasinstrument, das Leon entfernt an eine überlange Flöte erinnerte. Es hatte einen schlanken Holzkörper mit sieben Löchern und mündete in ein ausgehöhltes Kuhhorn. Der andere Mann bearbeitete mit mehr oder weniger Gefühl eine Trommel. Fehlendes Talent ersetzten die Musiker durch beachtliche Lautstärke. Vor ihnen lag eine abgetragene Mütze im Staub, in die sich bereits einige Münzen verirrt hatten.

Erschöpft stoppten die vier Freunde an der Hütte der

Steinmetzen und hielten Ausschau nach dem Baumeister. Kija kletterte ein Stück den Ausleger des Krans hinauf und streckte ihr Näschen in alle Himmelsrichtungen.

„Wo kann er nur sein?", überlegte Kim laut.

Leon erinnerte sich an Magdas Worte. Der Turm!

Er schaute hinauf. Und tatsächlich, hoch oben auf dem letzten Brett des Gerüsts stand ein Mann! Jetzt bückte er sich, als würde er etwas an der Turmmauer untersuchen.

„Seht, da oben!", rief Leon und deutete zum Turm.

„Vater!", schrie Matthäus. Und noch einmal: „Vater!"

Doch der Mann auf dem Gerüst reagierte nicht.

„Diese grausame Musik ist zu laut!", beschwerte sich Leon. „Kein Wunder, dass dein Vater uns nicht hört, Matthäus."

Matthäus flitzte zu den beiden Musikern und bat sie: „Könnt Ihr mal kurz eine Pause machen?"

Doch die Männer nickten ihm nur fröhlich zu, wiegten sich im Takt – und machten weiter.

Matthäus redete mit Händen und Füßen auf sie ein, aber es nützte nichts.

Leon schaute wieder zum Turm hinauf. Vielleicht kam der Baumeister ja jetzt von selbst herunter.

Doch dann sah er etwas, was ihm das Blut in den Adern gefrieren ließ. Etwa in der Mitte des Turms tauchte eine zweite Gestalt auf! Und diese Gestalt trug einen weiten, dunklen Mantel!

„Oh nein, da ist Jakob!", rief Leon.

Alle Blicke waren jetzt zum Westturm gerichtet.

„Er schleicht sich an meinen Vater heran!", ahnte Matthäus voller Panik.

„Ja, und er hat etwas in der Hand", rief Leon. Aufgrund der Entfernung konnte er den Gegenstand zwar nicht richtig erkennen, aber Leon war sich ziemlich sicher, dass dieses Ding die Form eines Dolches hatte.

Leons Gedanken wirbelten wie die Stöcke auf der Trommel des minderbegabten Musikers. Sie mussten handeln! „Los, aufs Gerüst!", kommandierte er.

„Wohin?", fragte Julian leicht begriffsstutzig.

Leon schob ihn zum Turm. „Da rauf!"

Über eine kurze Leiter erreichten die Freunde die unterste Bohle des Gerüstes. Die Bohlen lagen auf Kanthölzern, die in einem Abstand von etwa anderthalb Metern ein Stück in den Turm eingelassen worden waren und gut zwei Meter herausragten. Es gab kein Geländer, jedoch waren die Hölzer leicht schräg ins Mauerwerk gesteckt worden und neigten sich zum Turm hin, sodass die Maurer nicht so schnell abrutschen und in die Tiefe stürzen konnten.

„Mann, ist das wackelig", beschwerte sich Julian dennoch.

Leon antwortete nicht, sondern eilte vorwärts. Kija war dicht bei ihm, dann folgten Kim, Matthäus und schließlich Julian.

Sie erreichten die nächste Leiter und kletterten hinauf. Durch ein Loch in der nächsthöheren Bohle gelangten sie auf die zweite Etage des Gerüsts.

Leon schaute hinunter. Er schätzte, dass sie noch nicht einmal fünf Meter hoch waren. Unten dröhnte die schaurige Musik über den Platz. Der Trommler hatte auch noch angefangen zu singen, was die Darbietung nicht verbesserte. Im Gegenteil.

Der Junge richtete seinen Blick wieder nach oben. Doch er konnte weder Ulrich noch Jakob ausmachen.

Schneller!, spornte Leon sich selbst an und ging zügig auf der Bohle weiter. Seine rechte Hand berührte dabei den kühlen Stein des Turms. Da knackte es verdächtig unter seinem linken Schuh. Leon hielt den Atem an.

„Was war das?", hörte er Kim fragen.

„Weiß nicht", wich Leon aus und lief weiter.

Im Eiltempo erreichten sie die nächsten drei Etagen und waren jetzt deutlich über zehn Meter hoch. Leon kam es so vor, als würden die Bohlen bei jedem Schritt leicht schwanken. Hinzu kam ein böiger Wind, der ihm im Schutz der Gassen gar nicht aufgefallen war.

Leon verdrängte seine aufkeimende Furcht und kletterte höher und höher. Bald hatten sie fünfzehn Meter, dann zwanzig Meter geschafft und waren jetzt oberhalb des hölzernen Notdaches, das das Mittelschiff, die Seitenschiffe und den Chor abdeckte. Inzwischen wagte Leon es nicht mehr, hinunterzuschauen.

Unvermittelt hörte er erregte Stimmen über sich. Der Junge hielt in der Bewegung inne und spitzte die Ohren. Keine Frage, das waren der Mönch und der Baumeister!

Leon stürmte mit den anderen die nächste Leiter hinauf. Nun standen sie in schwindelerregender Höhe auf dem letzten Gerüstteil, das einmal um den Turm herumführte. Von den beiden Männern war nichts zu sehen.

Leon schlich vor und spähte um die Ecke des Turms. Als er den Mönch sah, überfiel ihn eisiges Entsetzen.

Jakob drehte ihnen den Rücken zu. Breitbeinig stand er auf der Bohle, in der rechten Hand den Dolch. Sein Umhang wehte im Wind. Er wirkte wie ein schwarzer Vogel, der die Flügel schwingt.

Halb von ihm verdeckt stand Ulrich, die Fäuste geballt.

„Dann steckt Ihr also hinter all diesen teuflischen Anschlägen auf den Turm und unser Leben!", schrie er Jakob an.

„Teuflisch? Das sagt der Richtige", rief der Mönch. „Ihr seid es, Ulrich Ensinger, der sich mit dem Antichrist verbündet hat!"

„Ich? Niemals! Ich habe mein Leben in den Dienst Gottes gestellt, ich baue für ihn das schönste und höchste Haus der Welt!"

Jakob machte einen Schritt auf den Baumeister zu. „Oh nein, allein für Euch selbst seid Ihr hier zugange, Ihr eitles, selbstgefälliges Nichts. Aber schon im Alten Testa-

ment steht: Bis hierher sollst du kommen und nicht weiter. Hier sollen sich legen deine stolzen Wellen!"

Ulrich lachte auf, aber in diesem Lachen klang Unsicherheit mit, wie Leon heraushörte.

„Ja, zitiert nur *Hiob*, Ihr falscher Mönch", erwiderte er. „Und jetzt legt den Dolch beiseite. Ihr habt Euch verrannt, Ihr seid am Ende."

Jetzt war es der Mönch, der lachte. Es war ein kaltes Lachen. „Wer ist am Ende? Nein, Ulrich Ensinger, ich bin es nicht, dessen Weg hier endet, Ihr seid es."

Leons Nackenhaare stellten sich auf, was keineswegs am kühlen Wind lag, der hier oben pfiff.

Der Junge sah, wie Ulrich einen Schritt zurück machte. Aus dem Gesicht des Baumeisters war jede Farbe gewichen.

Jakob folgte ihm, den Dolch auf ihn gerichtet. Jetzt begann er laut zu predigen: „Schon im Alten Testament steht geschrieben: Setze mich wie ein Siegel auf dein Herz und wie ein Siegel auf deinen Arm. Denn die Liebe ist stark wie der Tod und ihr Eifer ist fest wie die Hölle. Ihre Glut ist feurig und eine Flamme des Herrn …"

Der Baumeister hielt sich die Ohren zu. „Hört auf!", brüllte er.

„Nein, ich habe doch gerade erst angefangen", erwiderte der Mönch. „Der Bau muss gestoppt werden. Und das geht nur, wenn es Euch nicht mehr gibt, Ulrich Ensinger. Es wird wie ein bedauerlicher Unfall aussehen, Ihr werdet von diesem Gerüst stürzen."

Ulrich tastete sich weiter nach hinten.

„Ihr könnt mir nicht entkommen!", zischte Jakob. „Mein ist die Rache, spricht der Herr, ich will vergelten! Und Ihr werdet jetzt bezahlen für Euren Hochmut und Eure Eitelkeit, Baumeister Ulrich, denn ich bin die Waffe in der Hand des Allmächtigen."

Leon schluckte. Er drehte sich zu Kim, Julian und Matthäus um. Was jetzt, wie sollten sie Ulrich helfen?

„Nein, haltet ein!", schrie der Baumeister.

Leons Blick irrte über die Bohle. Da entdeckte er einen Mörtelklumpen, etwa so groß wie seine Faust.

Ob er damit …? Leon dachte den Gedanken erst gar nicht zu Ende, sondern packte den Klumpen und schleuderte ihn auf Jakob.

Er traf den Mönch genau zwischen den Schulterblättern.

„Aua!", schrie Jakob auf und fuhr herum.

„Was – ihr schon wieder? Zur Hölle mit euch!", blaffte er und deutete mit der Spitze des Dolchs auf Leon.

In dieser Sekunde sprang Ulrich den Mönch von hinten an und riss ihn zu Boden.

Die Männer wälzten sich auf der Bohle. Der Baumeister drückte Jakob nach unten und schlug ihm den Dolch aus der Hand. Die Waffe schlidderte über das Holz vor Leons Füße, der sie in die Tiefe kickte.

Doch da schoss die Faust des Mönchs hoch und traf den Baumeister unterm Kinn. Ulrich brüllte auf und sackte zusammen. Jetzt lag er ganz dicht am Rand der Bohle und drohte nach unten zu stürzen!

War er bewusstlos?, fragte sich Leon voller Angst.

Jakob versuchte sich aufzurappeln. In seinen Augen loderte ein gefährliches Feuer.

„Vater!", schrie Matthäus und stürzte nach vorn.

„Komm nur her, du Brut des Teufels!", giftete der Mönch hasserfüllt. „Du wirst den Weg deines Vaters gehen, in den Abgrund, in die Hölle!"

Nein, das wird er nicht, dachte Leon wütend und entschlossen. Mit Kim und Julian ging er zum Angriff über.

Jakob stand jetzt wieder und hatte die Arme ausgebreitet, als wolle er die Kinder umarmen.

Da trat Ulrich ihn in die Kniekehle, sodass der Mönch nach vorn kippte wie ein gefällter Baum. Der Baumeister war offensichtlich nur für einen Moment benommen gewesen. Er kam auf alle viere und warf sich auf den Mönch. Es war ein kurzer, heftiger Kampf, der mit einem einwandfrei geführten Aufwärtshaken an die Kinnspitze von Jakob endete.

Regungslos blieb der Mönch liegen.

Ulrich rappelte sich mühsam auf und schloss Mat-

thäus in die Arme. „Du lebst, wie schön, du lebst!",
stammelte der Baumeister überglücklich.

„Wenn ich kurz stören darf", räusperte sich Leon.
„Wir sollten schnell hinunter und dafür sorgen, dass Jakob hinter Schloss und Riegel kommt."

Ulrich nickte. „Da hast du natürlich Recht. Und habt
tausend Dank für eure Hilfe. Wer weiß, was ohne euch
geschehen wäre ..."

Zwei Stunden später saßen sie gut gelaunt rund um den
Esstisch der Ensingers. Jakob war von den Stadtwachen
vom Turm geholt und ins Gefängnis geworfen worden.
Gleich morgen sollte er vor den Richter geführt werden.

Magda hatte sich zur Feier des Tages einmal mehr
übertroffen: Es gab einen mit Honig abgeschmeckten
Wildschweinbraten.

Vor allem Matthäus stopfte sich die Backen voll.

„Köstlich!", lobte er.

Auch den Gefährten schmeckte es. Kija saß neben
Kim auf der Bank, nagte an einem Knöchelchen, das in
einer kleinen Schale vor ihr stand, und brachte es fertig,
beim Fressen zu schnurren.

„Allerdings, ein wahres Festessen!", freute sich Ulrich
und ließ sein gut gefülltes Weinglas gegen das seiner Frau
klirren.

„Und gleich morgen werde ich vor den Arbeitern eine
Rede halten", kündigte er an. „Ich werde ihnen sagen,

wer hinter alldem gesteckt hat, was uns in den letzten Tagen widerfahren ist."

„Das hat sich bestimmt schon herumgesprochen", sagte Matthäus kauend.

„Gut möglich, die Leute tratschen ja so gern", sagte Magda schmunzelnd.

Der Baumeister hob die Schultern. „Trotzdem, ich werde meine Leute erneut auf unser Ziel einschwören – auf den Bau des höchsten Kirchturms der Welt."

„Genau!", rief Matthäus. „Du wirst ihn weiterbauen – und ich werde dir dabei helfen."

„So soll es sein, Matthäus", erwiderte Ulrich und bedachte ihn mit einem liebevollen Blick. „Denn in dir steckt, wie ich schon immer gesagt habe, das Zeug zu einem großen Baumeister."

Matthäus glühte vor Stolz. „Ich werde alles daransetzen, irgendwann einmal an deinem Traum weiterzubauen."

So verging der Abend wie im Flug. Erst kurz vor Mitternacht, Matthäus hatte seine dritte Portion Braten verputzt, standen alle vom Tisch auf.

„Gute Nacht", wünschte Ulrich den Gefährten. „Und ihr braucht morgen nicht in aller Früh auf die Baustelle zu kommen. Ihr könnt …"

„Wunderbar, dann brauche ich ja morgen auch nicht zur Schule gehen!", krähte Matthäus.

„Doch, du musst", widersprach Ulrich lachend. „Wie willst du sonst ein guter Baumeister werden?"

Grummelnd stapfte Matthäus aus der Küche.

„Bis morgen Mittag also!", rief er Kim, Leon und Julian noch zu.

Fünf Minuten später waren die Freunde in ihrer kleinen Kammer.

Leon stellte die Kerze vorsichtig auf dem Boden ab. Dann hockte er sich davor und schaute versonnen in die Flamme. „Es ist Zeit, oder?", murmelte er.

„Zu gehen, meinst du, nicht wahr?", fragte Kim.

„Ja."

Julian seufzte. „Immer diese traurigen Abschiede. Wieder einmal müssen wir spurlos verschwinden. Aber der Fall ist gelöst – und wir haben einen großartigen Baumeister und seine ebenso großartige Familie kennengelernt."

Die Freunde warteten noch ein wenig, bis es im Haus ganz still war. Dann schlichen sie sich hinaus und liefen zu dem runden, gemauerten Ziehbrunnen am Ulmer Kaufhaus. Dort schauten sie sich noch einmal kurz um. Niemand war zu sehen.

Kim nahm Kija auf den Arm. Dann schritten die Gefährten auf den Brunnen zu – und nichts hielt sie auf, kein Mörtel und kein Stein.

Tempus holte sie heim nach Siebenthann.

Und noch ein Wettkampf

Drei Tage später waren die Freunde wieder in einen Wettbewerb vertieft. Doch diesmal traten sie nicht im Team gegen eine andere Gruppe in ihrer Klasse an – die Gefährten spielten gegeneinander Fußball. Kija lauerte im Tor, das aus zwei Stöcken bestand, die Leon im Abstand von etwa drei Metern auf einer Grünfläche am Siebenthanner Weiher in den Boden gerammt hatte. Kim, Julian und Leon versuchten abwechselnd, einen leichten Plastikball an der Katze vorbei ins Tor zu befördern, was angesichts der Sprunggewalt des Tieres alles andere als einfach war. Für jeden erzielten Treffer gab es einen Punkt. Schoss jemand daneben oder gelang es Kija, den Ball abzuwehren, dann bekam sie einen Zähler.

Jetzt war Julian an der Reihe. Er nahm mehrere Meter Anlauf, als wolle er die Kugel geradewegs zum Mond donnern, beugte den Oberkörper nach vorn, rannte los, holte mit dem rechten Bein weit aus – und kickte den Ball deutlich neben das Tor.

Kija machte noch nicht einmal Anstalten, sich zu bewegen. Völlig desinteressiert schaute sie dem Ball hinterher.

„Super!", freute sich Leon. „Du würdest noch nicht mal ein Scheunentor treffen, Julian!"

„Oder das große Portal des Ulmer Münsters", lästerte Kim.

„Ihr Angeber habt auch schon danebengeschossen", maulte Julian und ließ sich auf die Wiese sinken. Er zog eine Flasche mit Apfelsaft aus seinem Rucksack und trank einen Schluck.

„Das Ulmer Münster …", sagte er nachdenklich. Wieder verspürte er den Wunsch, durch das prächtige Portal zu schreiten, über sich diesen gewaltigen, diesen einmaligen Turm. „Jetzt haben wir das Münster zwar als Baustelle kennengelernt. Aber der Turm hatte ja noch lange nicht seine endgültige Höhe erreicht. Und deshalb fehlt mir da etwas …"

Kim hockte sich neben ihn. „Du willst noch mal nach Ulm – in der Gegenwart, oder?"

Julian nickte. „Genau das! Ulm ist garantiert auch heute noch eine wunderschöne Stadt. Wir sollten unseren Klassenlehrer überreden, die nächste Exkursion nach Ulm zu machen. Was haltet ihr davon?"

„Gute Idee!", stimmten Kim und Leon zu.

Nur Kija beschwerte sich, vermutlich, weil kein Ball mehr auf das von ihr so aufmerksam gehütete Tor zurollte.

Leon erhörte sie, holte den Ball und schoss – jedoch derart unplatziert, dass Kija die Kugel locker parieren konnte.

„Auweia", kommentierte Julian feixend. „Das war auch nicht viel besser."

„Schon gut, schon gut", wehrte Leon ab.

Julian wechselte das Thema. „Was haltet ihr davon, wenn wir noch ein Eis essen gehen – im Venezia!"

Kim knuffte ihn gegen die Schulter. „Das ist schon deine zweite gute Idee an diesem Nachmittag. Komm, Kija!"

Etwas widerwillig stolzierte die Katze heran.

„Wir wollen ins Venezia", lockte Kim.

Kija richtete ihre smaragdgrünen, unergründlichen Augen auf das Mädchen. Dann miaute sie vergnügt und lief los – in Richtung Innenstadt, wo sich die vermutlich beste Eisdiele der Welt befand.

Das Ulmer Münster und der Turm der Träume

Nicht nur die Gefährten werden überrascht sein, dass der höchste Kirchturm der Welt in Ulm zu finden ist. Doch mit seinen 161,53 Metern verweist er die internationale „Konkurrenz" – die Basilika Notre-Dame de la Paix in Yamoussoukro (Elfenbeinküste) mit ihren 158 Metern und den Kölner Dom (157,4 Meter) – auf die Plätze zwei und drei.

Begonnen wurde mit dem Bau im Jahr 1377. Da es im 14. Jahrhundert immer wieder zu kriegerischen Auseinandersetzungen kam und die Ulmer Pfarrkirche rund einen Kilometer vor den Toren der Stadt stand, beschlossen die Bürger, innerhalb der Mauern eine neue Kirche zu errichten. Diese Bürger, damals waren es etwa 9000, finanzierten den Bau selbst. Am 30. Juni 1377 fand die Grundsteinlegung durch den damaligen Bürgermeister Ludwig Krafft und Baumeister Heinrich II. Parler statt. Ab 1381 führte Michael Parler den Bau weiter, ihm folgte ab 1387 Heinrich III. Parler.

Am 17. Juni 1392 wurde Ulrich Ensinger, dessen Geburtsort genauso wenig zuverlässig überliefert ist wie sein Geburtsjahr, die Bauleitung übertragen – und der ehrgeizige Baumeister war es, der die Idee hatte, den höchsten Kirchturm der Welt zu bauen. Er trieb die Arbeiten zügig voran und vollendete unter anderem das beeindruckende Westportal. Am 25. Juli 1405 wurde das Münster geweiht. Gedeckt war es damals mit einem Notdach.

Die geniale Konstruktion des gewaltigen Turms machte Ulrich Ensinger berühmt. 1399 wurde er nach Straßburg gerufen, wo er am Nordturm des Straßburger Münsters baute. Dennoch behielt er die Bauleitung in Ulm.

Und Matthäus? Der schaffte es tatsächlich, in die Fußstapfen seines begnadeten Vaters zu treten. Von 1446 bis 1463 übernahm Matthäus Ensinger die Bauleitung. Er vollendete 1449 das Chorgewölbe, sodass dort das Notdach überflüssig wurde.

Es folgten noch viele andere Baumeister, darunter auch *Moritz Ensinger*, der Sohn von Matthäus.

Im Jahr 1543 kam es wegen Geldknappheit zum Baustillstand. Der Westturm war damals rund 100 Meter hoch, die beiden Türme rechts und links des Chors etwa 32 Meter. Über 300 Jahre ruhte der Bau, erst 1844 ging es weiter, weil wieder genug Geld vorhanden war. Am 31. Mai 1890 wurde auf den gigantischen Westturm mit seinen 51.550 Tonnen Gewicht die Kreuzblume aufgesetzt – und somit war unter Baumeister August von Beyer der Bau des Ulmer Münsters beendet. Die Chortürme schrauben sich ebenfalls in beachtliche Höhen: Sie messen je 86 Meter.

Heute bietet das Münster 2000 Sitzplätze bei normaler Bestuhlung – im Mittelalter konnten in dieser Kirche sogar bis zu 20.000 Menschen zusammenkommen, weil es damals durchaus üblich war, während des Gottesdienstes zu stehen.

Den Westturm kann man über 768 Stufen bis zu einer Höhe von 143 Metern hinaufsteigen, vorbei an dreizehn Glocken. Dort oben hat man einen wunderschönen Blick über Ulm (die im Buch genannten Gassen gab bzw. gibt es tatsächlich) und die Umgebung. Anschauen muss sich der Besucher natürlich auch das in diesem Roman beschriebene Portal, die Fenster im Chor und das Chorgestühl, das zwischen 1469 und 1474 geschnitzt wurde. Betrachten sollte man unbedingt auch den Choraltar aus dem Jahr 1521 und die vielen Kapellen im Chor, die alle etwa ab 1429 entstanden. Berühmt ist außerdem die Hauptorgel mit ihren knapp 9000 (!) Pfeifen. „Hingucker" sind nicht zuletzt die ungewöhnlichen Wasserspeier an den Strebepfeilern. Es handelt sich um sehr fantasievolle Figuren wie Elefanten, Fische, Vögel und Drachen aus Stein, durch die das Regenwasser nach außen „gespuckt" wird (ohne die Wasserspeier würde das Wasser unmittelbar am Gemäuer ablaufen und das Fundament beschädigen).

Ulrich und Matthäus Ensinger hat es also gegeben – die Figur des Mönchs Jakob entspringt jedoch der Fantasie des Autors. Aber natürlich gibt es den Orden der Dominikaner. Dieser Orden wurde im frühen 13. Jahrhundert vom heiligen Dominikus gegründet. Dominikus wurde 1170 im Örtchen Caleruega (Spanien) geboren. Nach Schule und Studium wurde er zum Priester geweiht. Früh lernte er die Lebensweise der *Katharer* schätzen. Die Katharer zeichnen sich durch Armut, Bescheidenheit und Enthaltsamkeit aus. Von diesen Ideen beseelt, entschied sich Dominikus zu einem Leben als Wanderprediger. Statt herrschaftlich zu reiten, zog er zu Fuß von Ort zu Ort und predigte Gottes Wort. Er betrieb auch intensive Seelsorge, was ihn – und später auch seine Ordensbrüder – in der Bevölkerung sehr beliebt machte. Dominikus verzichtete auf jeglichen Besitz und ernährte sich durch Bettelei. Jeder Prunk und Protz war ihm zuwider, wie er immer wieder betonte. Dies bezog sich ausdrücklich auch auf Kirchenbauten, die seiner Meinung nach bescheiden zu sein hatten.

Rasch schlossen sich ihm andere Mönche an. Ab etwa 1218 gründete Dominikus die ersten *Konvente* in Spanien und Frankreich, 1221, im Todesjahr von Dominikus (6. August), gab es bereits 60 Konvente.

Mit ihrem strengen Armutsprinzip standen die Dominikaner im Widerspruch zur damals vorherrschenden Kirchenlehre. Viele Klöster waren ausgesprochen reich und ihre Leitung war darauf bedacht, die Besitzstände – anders als die Dominikaner – zu bewahren.

Heute gibt es weltweit rund 6000 Dominikaner-Brüder und 30.000 Schwestern. Bedeutende Dominikanerkirchen stehen unter anderem in Bern, Basel, Erfurt und Zürich.

Glossar

Anna-Marienfenster ältestes Fenster im Ulmer Münster, es wurde um 1385 von Jakob Acker geschaffen.

Antichrist Gegenspieler von Jesu Christi

Arithmetik Teilgebiet der Mathematik, das Rechnen mit natürlichen Zahlen

Arkade/n Gewölbebogen auf zwei Säulen. Arkaden: Bogenreihe, offener Bogengang

Astronomie die Wissenschaft von den Gestirnen

Barchent Mischgewebe aus Leinen und Baumwolle, das gut zu färben und angenehm zu tragen war. Das Ulmer Barchent war im Mittelalter berühmt und begründete den Reichtum der Stadt.

Bauhütte Zusammenschluss der an einem Kirchenbau beteiligten Handwerker; jede Handwerkergruppe hatte oft eine eigene Hütte, in der Werkzeuge gelagert wurden. Die Bauhütten dienten aber auch als Werkstatt und Aufenthaltsort bei schlechtem Wetter.

Bettelmönch Mönch, der einem Bettelorden angehört. Ein solcher Orden erhält sich durch Arbeit und Betteln und betreibt Seelsorge. Bekannte Bettelorden sind die Dominikaner und Franziskaner.

Blau   kurzer, linker Nebenfluss der Donau. Entfließt bei Blaubeuren dem Blautopf und mündet in Ulm.

Chor   Raum in einer Kirche, wo der Altar steht, zumeist im Osten der Kirche. Er war der Geistlichkeit vorbehalten.

Cotte   im Mittelalter ein eng geschnittenes Unterkleid mit langen Ärmeln

Dialektik   vom lateinischen *ars dialectica* = die Kunst der Unterredung; die Fähigkeit, gut zu argumentieren

Dominikaner   Predigerorden, im 13. Jahrhundert vom Heiligen Dominikus (1170 bis 1221) gegründet

Ensinger, Matthäus   (auch Matthäus von Ensingen), 1390 bis 1463, Sohn von Ulrich Ensinger und bedeutender Baumeister. 1446 übernahm er die Bauleitung des Ulmer Münsters und errichtete unter anderem große Teile des berühmten Westturms.

Ensinger, Moritz   (auch Moritz von Ensingen), er lebte von 1430 bis 1483, arbeitete ab 1449 am Ulmer Münster mit und war von 1465 bis 1477 dort Baumeister.

Ensinger, Ulrich   (auch Ulrich von Ensingen) berühmter Baumeister der süddeutschen Gotik. Er wurde zwischen 1350 und 1360 geboren (vermutlich in der Nähe von Ulm) und starb am 10. 2. 1419 in Straßburg, wo er am Bau des dortigen Münsters beteiligt war.

Fenster der beiden Johannes zweitältestes Fenster im Ulmer Münster, es wurde zwischen 1386 und 1390 von Jakob Acker geschaffen.

Fenster der fünf Freuden Mariens Chorfenster im Ulmer Münster, um 1398 von Jakob Acker geschaffen

Fiale gotisches Bauelement; aus Stein gemeißeltes, schlankes und spitz zulaufendes Türmchen

Gotik Strömung in der mittelalterlichen Architektur, zwischen 1140 und 1420 in Europa vorherrschend. Typisch für die gotische Architektur sind große, mit farbigem Glas gefüllte Maßwerkfenster.

Harnisch (vom französischen Harnai) eine den Körper bedeckende Rüstung

Hiob Figur aus dem Alten Testament der Bibel

Hornpfeife mittelalterliches Blasinstrument, zuerst in Wales entwickelt; es findet auch beim Dudelsack Verwendung.

Katharer (griechisch, übersetzt „Die Reinen"), christliche Glaubensbewegung vom 12. bis 14. Jahrhundert

Kaufhaus Das Ulmer Kaufhaus hieß zunächst Gewandhaus und wurde 1357 erstmals erwähnt. Es stand an der Stelle des heutigen, um 1540 erbauten Rathaus-Nordflügels.

Konvent die Zusammenkunft der stimmberechtigten Mitglieder eines Klosters; mit Konvent wird aber auch der Wohnbereich des Klosters bezeichnet.

Kreuzblume gotisches Bauelement in Kreuz- bzw. Blätterform, oft als krönender Abschluss auf einer Fiale zu sehen

Lateinschule im Mittelalter eine bekannte Schule in Ulm. Sie wurde im 13. Jahrhundert in der Hafengasse eröffnet. 1531 zog die Schule in das ehemalige Franziskanerkloster auf dem Münsterplatz um.

Löffelbohrer Dieses Werkzeug hat zwei parallel verlaufende, scharfe Kanten, die am unteren Bohrende löffelförmig zusammenlaufen.

Mittelschiff Raum in einer Kirche, meistens der längste und breiteste. Er liegt dem Chor gegenüber und ist den Gläubigen vorbehalten. Daran grenzen oft die beiden Seitenschiffe an, die in der Regel deutlich niedriger sind als das Mittelschiff.

Maßwerk geometrisch und dekorativ geschnittene Bauornamente aus Stein

Münster abgeleitet vom lateinischen *monasterium* = Kloster. Bezeichnet wird damit zumeist eine große Pfarrkirche, also die Hauptkirche einer Stadt

Parler, Heinrich III. berühmter Baumeister des Mittelalters, Nachfolger von Heinrich II. Parler, der mit dem Münsterbau in Ulm begann und dessen Nachfolger Michael Parler.

Pergament Vorläufer des Papiers, hergestellt aus ungegerbten, geschabten und geölten Tierhäuten

Plattner Schmied, der sich auf die Fertigung von Rüstungen spezialisiert hat

155

Rhetorik   Redekunst

Richtschwert   zweihändig geführtes Schwert, das im Mittelalter zur Enthauptung von Verurteilten benutzt wurde

Sagehal   ein mit schräg nach oben stehenden Zähnen versehener Metallstock, an dem ein Kessel oder Topf in unterschiedlicher Höhe über dem Feuer aufgehängt werden konnte. Daher stammt die Metapher „einen Zahn zulegen". Wenn man den Kessel einen Zahn tiefer hängte, wurde das Essen schneller gar.

Schablone   ausgeschnittenes Muster; es dient zur Herstellung gleichartiger Gebilde zum Beispiel aus Holz, Stein oder Ton.

Schnabelschuhe   weit geschnittene und spitz zulaufende Herrenschuhe. Um die Form zu erhalten, stopfte man die Kappen mit Moos aus.

Schweinmarkt   Platz im Südwesten der Ulmer Altstadt

Speishaue   wichtigstes Werkzeug des mittelalterlichen Mörtelmischers. Sie sieht einem Spaten ähnlich, jedoch ist das Metallblatt am Ende der Holzstange rechtwinklig abgeknickt (wie bei einer Harke).

Spitzfläche   wichtiges Steinmetzwerkzeug; ähnelt entfernt einem Hammer. Vorn am Kopf gibt es eine spitze Seite zum Wegklopfen von Unebenheiten eines Steins, hinten am Kopf eine breite Seite zum Glätten.

Steinmetz   Steinmetzen formen aus Steinen bautechnische Elemente wie Säulen oder Maßwerk.

Strebepfeiler An den Außenmauern eines Baus errichtete Streben, die das Gewicht (den Schub) des Baus zum Fundament hin ableiten und somit verhindern, dass das Bauwerk einstürzt oder umkippt.

Strölin uf dem Hof, Hanns Ulms Bürgermeister im Jahr 1398

Surkot ärmelloser Überrock im Mittelalter

Tagelöhner jemand, der keine feste Arbeit hat und sich Tag für Tag aufs Neue auf Baustellen oder in der Landwirtschaft bewirbt.

Tunika ärmelloses Kleidungsstück, gefertigt aus zwei rechteckigen Stoffteilen, die an den Seiten und an der Schulter zusammengenäht wurden.

Tympanon Bogenfeld mit plastischem Schmuck über dem Eingang (Portal) einer Kirche

Ulm Universitätsstadt in Baden-Württemberg, rund 121.000 Einwohner, im Jahr 854 n. Chr. erstmals urkundlich erwähnt. Berühmtester Sohn der Stadt ist Albert Einstein.

Weinhof historischer Platz im Südwesten der Ulmer Altstadt

Winkelmaß Werkzeug, das aus zwei im rechten Winkel angeordneten Schenkeln besteht

Wolf mittelalterliche Aufhängung aus Eisen. Mit dem Wolf konnten schwere Lasten wie Steine an ein Seil gehängt und angehoben werden.

Die Zeitdetektive
Spannende Reisen durch die Zeit

Habt ihr schon mal eine Pfote auf die Homepage

www.zeitdetektive.de

gesetzt? Dort könnt ihr selbst einen Ausflug in den
geheimnisvollen Zeit-Raum Tempus machen, euch im **Forum** mit
anderen Fans austauschen und am **Zeitdetektiv-Lexikon** mitschreiben.
Außerdem erfahrt ihr natürlich alles über den **Autor Fabian Lenk**!

Geschätzte Leser!

Was für ein kühnes Bauwerk, dieses
Ulmer Münster!
Der Baumeister Ulrich Ensinger hatte im
wahrsten Sinne des Wortes hochfliegende
Träume. Aber er hat sie auch umgesetzt
und mit dem Bau des höchsten
Kirchturms der Welt begonnen.

Und da kommt ihm dieser Mönch
Jakob dazwischen. Er gehörte einem
Orden an und verdiente seinen Lebens-
unterhalt durch ...
Ja, durch was eigentlich?
Das wisst ihr ganz bestimmt, oder?

Mit der richtigen Antwort auf meine Frage könnt ihr auf

www.zeitdetektive.de

spannende Fakten über diesen Orden erfahren!

Frage: Wie verdiente der Mönch Jakob seinen Lebensunterhalt?

- Durch Betteln   97r599

- Durch den Verkauf
  von Kerzen   17t694

- Durch den Verkauf
  von heiligen Schriften   67s831

Gebt auf der Homepage einfach den Code ein, der hinter der richtigen Antwort steht – ich bin mir sicher, ihr werdet die Nuss knacken. Kleiner Tipp: Das Glossar in diesem Buch ist sehr hilfreich!

Es grüßt euch hochachtungsvoll

eure Kija

ZD_09_096

Ravensburger

Die Zeitdetektive
Spannende Reisen durch die Zeit

Diese Abenteuer der Zeitdetektive
sind bereits erschienen:

Habe ich			ISBN 978-3-473-
⭘	Band 1	Verschwörung in der Totenstadt	34518-2
⭘	Band 2	Der rote Rächer	34519-9
⭘	Band 3	Das Grab des Dschingis Khan	34520-5
⭘	Band 4	Das Teufelskraut	34521-2
⭘	Band 5	Geheimnis um Tutanchamun	34522-9
⭘	Band 6	Die Brandstifter von Rom	34523-6
⭘	Band 7	Der Schatz der Wikinger	34524-3
⭘	Band 8	Das Rätsel des Orakels	34525-0
⭘	Band 9	Das Silber der Kreuzritter	34526-7
⭘	Band 10	Falsches Spiel in Olympia	34527-4
⭘	Band 11	Marco Polo und der Geheimbund	34528-1
⭘	Band 12	Montezuma und der Zorn der Götter	34531-1
⭘	Band 13	Freiheit für Richard Löwenherz	34532-8
⭘	Band 14	Francis Drake, Pirat der Königin	34533-5
⭘	Band 15	Kleopatra und der Biss der Kobra	34534-2
⭘	Band 16	Die Falle im Teutoburger Wald	34535-9
⭘	Band 17	Alexander der Große unter Verdacht	34536-6
⭘	Band 18	Das Feuer des Druiden	34537-3
⭘	Band 19	Gefahr am Ulmer Münster	34538-0
⭘	Band 20	Michelangelo und die Farbe des Todes	36984-3
⭘	Band 21	Der Schwur des Samurai	36985-0
⭘	Band 22	Der falsche König	36982-9
⭘	Band 23	Hannibal, Herr der Elefanten	36983-6

Ravensburger

ZD_10_065